DÍAS DE PANDEMIUM

A una mente luchando contra la pandemia
solo le queda su imaginación

JULIÁN GUTIÉRREZ CONDE

Título original: *Días de Pandemium.*
A una mente luchando contra la pandemia solo le queda su imaginación.

Primera edición: Octubre 2021

www.editorialkolima.com

Autor: Julián Gutiérrez Conde
Dirección editorial: Marta Prieto Asirón
Maquetación de cubierta: Sergio Santos
Maquetación: Carolina Hernández Alarcón

ISBN: 978-84-18263-90-3

A mi querido amigo Jose, compañero entrañable desde los años de colegio. La muerte de un amigo deja una cicatriz profunda. Te nos fuiste, dejando la huella de una voluntad dispuesta a ayudar siempre. Nos abandonaste de forma inesperada; igual que esos otros miles de muertos innecesarios que nos dejaron en soledad por un maldito virus arropado con irresponsabilidad y desidia.

Descansad en Paz

IN MEMORIAM

José Francisco de Medina Ruiz, querido amigo.

Iniciamos nuestra amistad de adolescentes en el colegio y la asentamos durante la juventud; muchas veces junto a tu guitarra y mi armónica cantando en algunos festivales o ensayando en tu casa con tus numerosos hermanos correteando alrededor.

Llevabas tu vocación por la Medicina en lo más profundo y nunca dejaste de anteponer el cuidado a los tuyos antes que a ti mismo.

Nuestra amistad se acrecentó durante la madurez, manteniendo interesantes conversaciones mientras dábamos largos paseos que, a veces, acabábamos frente a unas tapas, que tanto solía gustarte.

Nunca dejaron de sorprenderme la profundidad de tus matices y tu permanente voluntad por tratar de comprender la esencia de la vida.

Mis libros, no solo te interesaban y los leías, sino que te los estudiabas, lo cual nos conducía a intensos debates. Tú en todo momento buscando en lo más profundo, algo que, como simple navegante por la vida, me descolocaba. Pero ese contrate nos divertía y, con sentido del humor, siempre acabábamos riendo y con un amistoso abrazo.

Recuerdo una de las últimas veces paseando por los bulevares de Ibiza y Saiz de Baranda en que me contaste muchas historias de tu familia. Fue un día muy grato.

En nuestra última conversación telefónica me dijiste:

–No me encuentro bien, Julián, tengo molestias en una pierna y estoy preocupado.

Sabiendo la calidad de tu instinto médico te dije:

–No lo dejes y vete a urgencias.

–Sí, eso voy a hacer –respondiste convencido.

Estábamos ya, aún sin saberlo, inmersos en la terrible y desconocida Pandemium.

Ya ingresado, desde ese día mantuvimos al menos dos contactos diarios por Whatsapp; uno en la mañana y otro al finalizar la tarde.

Recuerdo algunos de tus mensajes.

–¿Qué está pasando? ¿Por qué no nos atienden mejor?

Estabas sufriendo en tus carnes el desbordamiento y el desconcierto sanitarios.

Luego hubo otros en que te mostrabas confuso o preocupado, como cuando me dijiste:

–Me llevan a la UCI.

En otro posterior, animado y esperanzado:

–Me trasladan a planta.

Y lo celebramos entre los amigos que seguíamos diariamente tus comunicados, enviándote un vídeo en el que te hacíamos llegar nuestro cariño y ánimo. Estábamos todos convencidos de que pronto saldrías.

Hubo uno que a todos nos conmovió:

–Os quiero –nos decías simplemente.

Nos diste ánimos e hiciste sentir orgullosos. Te mostrabas optimista.

Y después, el trombo que intuías te atacó a traición. La noticia fue un mazazo incomprensible e inesperado.

Me quedé frío; gélido entre entrañables recuerdos.

Pensé en lo que tu mente, durante el asedio de Pandemium, habría imaginado para liberarse de los diferentes estados de ánimo en que te hubieras tenido que ver sumido.

Y así nació este «Días de Pandemium» que, en parte, eres tú, apreciado e inolvidable amigo.

ÍNDICE

INTRODUCCIÓN.......... 9

EL BOFETÓN.......... 11

LA SOLEDAD.......... 17

EL ESPEJO.......... 21

GUTANTOST.......... 25

VIAJE Y CAMINO.......... 29

LO QUE TUVE.......... 33

EL VALOR.......... 39

LA CALMA.......... 45

BUSCANDO MI SOMBRA.......... 49

EL HALCÓN.......... 53

HIBERNACIÓN.......... 57

SOSIEGO.......... 59

EN EL HOSPITAL.......... 65

EL MAESTRO.......... 69

DESCÚBRETE A TI.......... 73

LAS TRES ASPAS.......... 77

DOS INTELIGENCIAS.......... 81

COMUNICANDO.......... 85

ROMANCEANDO.......... 89

GENEROSIDAD.......... 93

NOCTAMBULISMO.......... 97

INTENSIDAD.. 101
TRANSFORMACIÓN 105
PREDISPOSICIÓN 109
EL RECORRIDO 113
ENSOÑACIÓN..117
«ACAPARACIÓN»...121
LA MESETA 125
CRISIS INESPERADA.. 129
ESTUPIDEZ 133
CAMBIO DE RUMBO 137
NOR-NORESTE..141
VUELO RASANTE... 145
HASTA EL HORIZONTE 149
PASTOREO.. 153
EL ÚLTIMO ESLABÓN.......................................161
EL DÍA DE LAS GENERACIONES 167
Y SIGUIÓ SU VUELO 173
SONIDOS DE LIBERTAD...................................177
GEMIDOS... 179
EL VIAJE 183
REGENERACIÓN 189
FINAL
LA VOZ DEL SILENCIO 193
EPÍLOGO 197
DÍAS DE ATURDIMIENTO Y CONFUSIÓN 201

INTRODUCCIÓN

Este libro tiene algo de desbordamiento o locura, como corresponde a un cerebro tenso, angustiado y desorientado. Está escrito sin llevar un orden ni perseguir un fin, dejando transcurrir una aventura sin propósito.

Es un libro en el que la pluma ha volado sobre páginas y páginas en blanco y en el que los pensamientos surgen como un borbotón, a veces de contradicciones.

Es el libro de un sueño, en el que el cerebro se da cuenta de que no guía, ni pretende guiar, el orden de los pensamientos.

Swift, un simple vencejo, animal atractivo, hermoso y de curiosas costumbres y habilidades, aparece en un momento y acaba descubriéndose, sustituyendo y dando forma real a Gustantof, la Voz del Silencio; esa voz que retumba en tu interior y te acompaña.

Él me hizo ser consciente de mis, cada vez más escasos, pensamientos. Y fue mi compañía en medio de aquel tumulto.

«...Si no fuera una avecilla, que me cantaba al albor» dice aquel romance de quien se hallaba en prisión. Swift fue mi avecilla liberadora.

Este es un viaje mental realizado desde el estatismo más rotundo. Es un vuelo por la vida, precisamente cuando más se aprecia su valor.

El pasajero

EL BOFETÓN

En que se relata cómo lo incomprensible aparece de modo inesperado en la vida

La sociedad volaba despreocupada, desnortada y a toda prisa. La vida, poco a poco y desapercibidamente, se había ido convirtiendo en un huracán.

Todo era como correr pendiente abajo. Por una existencia desquiciante que más y más te empujaba a dejarte llevar por una borrachera de ocio y placer que ofrecía compensaciones infantiles, absurdas y sin sentido.

Sin embargo, el esfuerzo para la supervivencia cada vez era mayor y sus peldaños más altos y difíciles.

Para andar el camino por esa vida no bastaba con ser persona; exigía tener la mejor cualificación y energía, aunque eso tampoco era garantía de nada.

La sociedad había diseñado y construido la Meseta de la Seguridad, lo cual había sido un avance sustancial en la historia de la humanidad. Era una planicie amplia y prometedora, pero de difícil y largo ascenso, por una empinada pendiente.

Alcanzar esa posición para la mayoría significaba asentarse en la Tierra Prometida; un lugar de confort y placidez, garantía de estabilidad.

Superar aquella senda requería esfuerzo, pero acercarse a ella y comenzar la aventura era una posibilidad abierta a muchos.

La gran mayoría decidía ascender y procuraba instalar en su base modestas tiendas de campaña o incluso algunas sólidas y confortables cabañas.

No todos llegaban a la parte superior de la meseta y algunos debían conformarse con quedarse a vivir en asentamientos modestos sitos a lo largo del camino.

Era una sociedad entusiasmada con el acomodamiento.

Pero aquellos tiempos apacibles y tranquilos se fueron complicando.

La sociedad vivía en medio de una turbulencia que, aunque desaforada, se esforzaba por mantener una imagen de normalidad.

¿Alguien puede entender que la turbulencia sea el modo natural de vivir y que así sea aceptado por la mayoría?

La velocidad era una especie de borrachera; una borrachera obligatoria.

Durante mucho tiempo, la aspiración mayoritaria era alcanzar esa Meseta de la Seguridad. Una meseta, placentera y confortable, donde no faltaba ningún capricho ni confort.

Por fin, la humanidad había logrado una situación de bienestar desconocida hasta ese momento. Un nivel que, ni siquiera en sueños, se había podido imaginar.

La Meseta de la Seguridad era deseada y ansiada por todos y era una aspiración a la que se podía llegar, aunque no sin esfuerzo.

Pero la senda, antes visible y accesible para muchos, se había ido distanciando y envuelto en tortuosas nubes.

La erosión la había, por un lado, desdibujado, y por otro, había eliminado los puntos de acogida intermedios que garantizaban cierta seguridad en el trayecto.

De hecho, algunos, desde esos asentamientos, hacían incursiones hacia la cúspide logrando acomodarse en zonas de pastos más fértiles y sabrosos, o lanzaban escaramuzas hacia la ansiada Meseta de la Seguridad. Eran los aventureros.

Pero más y más personas fueron llegando. Nadie se ocupó de hacer crecer esa meseta, que fue recibiendo cada vez mayor número de visitantes que se disputaban una pequeño espacio en aquel lugar. Así surgieron los codazos y la competitividad.

Aquella Meseta de la Seguridad se hizo más incómoda; tiempo después, vivir allí agobiaba. Y la avalancha seguía. Comenzaron las peleas por conseguir una parcela.

Empezaron a cobrar peajes para acceder por aquella ruta que se hacía cada vez más fatigosa y arriesgada.

Lo que al principio fueron accidentes aislados luego se fueron generalizando y, por el apelotonamiento, cada vez un mayor número de los que intentaban ascender empezaron a despeñarse. Algunos lograban frenar su caída y convertirla en un tropezón más o menos serio, pero otros caían irremediablemente.

El ansia llevó a permitir comportamientos marrulleros. Al principio se encontraban con el reproche mayoritario y el castigo de las normas, pero luego el margen de tolerancia fue creciendo hasta aceptarse como normales. Y así, quienes competían con nobleza se fueron convirtiendo en marginales.

El «¡todo vale!» comenzó a justificarse.

Comportamientos laxos y ventajistas se aceptaron como normales. Y cada vez más y más individuos se fueron plegando a esas actitudes. La conciencia interior se hizo acomodaticia ante la falta de principios orientadores.

En la senda hacia la Meseta de la Seguridad se produjeron movimientos sísmicos que fueron complicando el camino para los cada vez más numerosos competidores.

Muchos ni siquiera conseguían acceder al punto de salida, que, aunque se conocía como Senda, en realidad eran varias trochas, todas igualmente dificultosas.

De aquel alto porcentaje de la población que alcanzaba la ansiada y estable Meseta de la Seguridad se pasó a un tanto por ciento mucho más limitado capaz de asentarse. Y de unos pocos situados por los confines de la inseguridad, se pasó a una gran mayoría de asentamientos en los riscos de la inseguridad que cada vez resultaban más inestables.

Pero, además, aquella «carrera de multitudes» se había vuelto obligatoria. Y el agolpamiento era cada vez más imposible de evitar.

Ni siquiera los conformistas podían librarse de aquella locura imparable y sin sentido. La ansiedad formaba ya parte inevitable de la vida.

Igual que el ascenso resultaba más y más tortuoso, peligroso e inseguro, una fuerza cargaba los lomos de los viandantes con «mochilas de necesidades» de cada vez mayor peso y volumen.

No era racional, pero aquella «fuerza que tiraba hacia abajo» estaba asentada en lo más profundo de la sociedad y nadie podía liberarse del sistema. Estábamos metidos en una carrera salvaje por acumular.

Poseer, por inservible o superfluo que fuera, era como ese viento suave del desierto que modula la configuración de las dunas y es capaz de ponerlas en movimiento.

Cuando había algún momento de reflexión, todo aquel ajetreo de vida se hacía incomprensible y racionalmente se rechazaba, pero enseguida el ambiente desataba los impulsos y debilitaba la fuerza de voluntad para empujarla por la atractiva y deslizante pendiente del dejarse llevar y el capricho.

Pero la naturaleza quiso en un momento hacer su aparición e implantar su ley. La especie acostumbrada a dominar se vio sorprendida y sometida por una fuerza terrible, un enemigo invisible contra el cual no hacían efecto las armas convencionales.

Así fue como llegó aquel inesperado, insolente y trágico bofetón a los «amos de la prepotencia».

Y la vida cambió; las pendientes se hicieron más empinadas, y la propia Meseta de la Seguridad se agitó, haciendo tambalear hasta los asentamientos más sólidos.

Las caras se tornaron en expresiones de perplejidad y un aspecto bobalicón surgió en todas ellas, abatidas por el desconcierto ante lo ofensivo e incomprensible.

Los humanos nos topamos de bruces con nuestra fragilidad e insignificancia.

El bofetón estalló en los rostros de todos. Ni los mejor asentados en las cúspides de la seguridad consiguieron librarse del golpe. El pánico se apoderó de todos. La naturaleza no entendía de clases, ni de profesiones, ni respetaba prestigios, bondades o debilidades. Su avance era implacable.

Las lágrimas comenzaron a llenar un ambiente que hasta entonces, y pese a las dificultades, era festivo y de despreocupada algarabía.

Lo esencial, como necesidad básica, hizo su aparición, mientras que el sobrepeso de todo lo acumulado se agolpaba de forma casi ofensiva en estantes, vitrinas, armarios y baúles.

Y así comenzó ese silencio que nos vino en forma de pandemia.

LA SOLEDAD

En que habla de la fuerza que convirtió a las personas en seres aislados

Había mucha soledad dentro de aquella sociedad de las prisas que engullía a las personas. Pero era una soledad disimulada, escondida entre los encuentros con «conocidos» dentro de la tumultuosa agitación superficial.

Existía otra soledad, de quienes hartos o agobiados buscaban un retiro purificador. Esa soledad buscada, aunque no fácil de conseguir, era un nutriente para el alma, una ayuda para sobrellevar esas relaciones superficiales que a veces se volvían pegajosas y agobiantes.

La primera era una soledad escondida y con contacto. La segunda una soledad interior y, en definitiva, elegida.

Pero, repentinamente y sin previsión alguna, una soledad desconfiada, obligada y reticente había desembarcado, forzosa, en las vidas.

Los hábitos se trastocaron radicalmente. Ya ni el contacto habitual con los tenderos del barrio era posible. La vida se llenó de temor; un miedo alimentado por las noticas de familiares y amigos a los que, con bastante desaprensión y de forma injusta, la pandemia golpeó cuando no había llegado su momento.

La muerte se presentó sinuosa y terrible.

Aquel era un silencio que se acentuaba al resultar incomprensible y dudosamente inesperado, en el que muchos se sentían, además, engañados. Y la soledad, cuando se envuelve de sentimientos de injusticia y enfurece a la persona, se hace aún más dolorosa y descontrolada.

Además de obligado, aquel silencio era desconocido en cuanto a extensión. Todo eran especulaciones, aunque el sentido común popular y la prudencia ante lo desconocido hacían presumible su larga duración.

Y el desconocimiento, sazonado de ocultismo ante una realidad preocupante, aumentaba el desasosiego.

Los nómadas del desierto o los pastores de las montañas viven en soledad; pero no en una soledad artificial como esta, sino en una natural, integrada en sus vidas. No deja de resultar dura, pero es una soledad dentro de la libertad.

Pero aquí, en el mundo de los aventureros en busca de la Meseta de la Estabilidad, aquella soledad sobrevenida al mundo postmoderno era una soledad extraña y agresiva que no permitía tomar decisiones personales. Era una soledad imperativa, ácida y frontal. Como un rudo y recio golpe que primero aturde y luego noquea.

Era una soledad de confinamiento inmerecido que chocaba contra el principio de libertad y carcomía el interior, provocando una rebeldía contenida.

Al ser imprevisible como un sobresalto, no permitía la búsqueda del mejor acomodo, sino el sometimiento al de cada quien. Así se impuso una radical separación entre padres e hijos, abuelos, nietos, hermanos, amigos y seres queridos.

En la sociedad de la agitación, un asalto así creó aturdimiento y desesperanza.

Un parón artificial prolongado, donde la sociedad perdió toda su vitalidad, pasando de la actividad constante a una parálisis mayoritaria que confunde y desorienta.

El malestar se veía acentuado por el aislamiento de la vida en grandes bloques de viviendas, donde los vecinos que antes no se conocían ahora no solo no se veían sino que se mantenían distanciados y desconfiados.

Era una soledad agria, inconfortable hasta la angustia, más por la rebelión interior que por la prisión física.

Solo y aislado en tu recinto; cotidiano, pero solo. Y sin contacto directo alguno.

La magia de las comunicaciones suponía un alivio importante, pero estas eran distantes y solo proporcionaban una falsa sensación de cercanía. En la sociedad postmoderna el contacto directo se había ido marginando y sustituyendo por la frías líneas de un wasap que te convierten en un eslabón más de una cadena.

Es algo así como: «ya que estás en mi lista te incorporo a la serie y, ¡despachado!». Ese «te recuerdo porque estás en la lista» era una subliminal vulgarización de las relaciones.

Y, en medio de todo, la prepotencia y el orgullo de los que nos creíamos unos seres «súperhumanos» maltrechos y temblorosos ante la realidad de un micro-virus capaz de poner en jaque incluso a las sociedades más avanzadas.

La vida continuaba su recorrido inexorablemente, pero cuando la actividad social y la economía se pararon, ¿qué nos quedó?

Nos quedó la esencia de la vida. Ese núcleo del que estábamos tan distantes.

¡Qué fuerte resultó para una civilización que se decía de la «libertad, el ocio y el confort» quedarse desnuda ante un espejo!

Y en medio de todo aquello estaba yo: un ser tan increíblemente desconcertado y angustiado como los demás.

EL ESPEJO

En que me encontré de bruces con mi niñez

Había pasado un día más encarando la rutina diaria. Era hora de recogerse. Llegaba la noche y esperaba un sosegado sueño.

La ciudad se adentraba en un estado de somnolencia.

La prolongada luminosidad en las ventanas de los edificios anunciaba que se trasnochaba más de lo habitual. Tampoco existía diferencia entre las jornadas laborables y los días festivos. Todo era uniformidad.

Ya muy avanzada la noche se habían apagado muchas viviendas, pero aún quedaba una salpicadura de luces adornando aquel paisaje de sombras, perfilando las siluetas de los edificios.

Mi situación, pese al encierro obligado, era privilegiada. Desde mi vivienda las vistas eran espléndidas y se dominaba buena parte de la ciudad. El hecho de que los edificios construidos delante fueran notablemente más bajos permitía expandir la vista sobre ese estructurado paisaje de tejados y terrazas.

La noche, ya intensa, rompió su negro azabache al iluminarse por una luna que en este instante aparecía reinando amplia y completa mostrando la vestimenta de plenilunio. Y el hecho de haberse abierto hueco entre dos nubes que parecían algodonosas daba unas tonalidades de grises, blancos y, hasta algo azulados, que adornaban un resplandor mágico.

Aquel cuadro nocturno que se mostraba ante mis ojos me impulsó a permanecer contemplando.

Lentamente, una luz de aquí y otra de allá iban desapareciendo, dejando las siluetas más esbozadas entre la iluminación pública de las calles y los tonos que proyectaba la luna.

Recordé la perspectiva que aquella misma ventana me ofrecía muchos años atrás cuando yo era niño. Entonces los campos ocupaban la mayor extensión de aquellos terrenos en los que poco a poco había visto crecer un salpicón de edificaciones distanciadas en el tiempo.

Aquel barrio, nuevo entonces, comenzaba a ampliarse acogiendo a familias jóvenes que poco a poco llenaron el ambiente de bullicio y juguetona chiquillería. Sí, los niños de mi edad crecimos entre aquellos campos de cereales en los que aún podían verse algunos grupos de ganado ovino.

Los recuerdos abrieron ante mí aquel camino que, atravesando el campo, era la senda más habitual que cotidianamente tomábamos para llegar al colegio.

Cuatro veces al día la recorríamos.

Por la amplia calle que antes habíamos de cruzar en aquellos tiempos circulaba ahora un vehículo, y pasados dos o tres minutos el siguiente.

Me pareció verme caminando junto a mis queridos hermanos y amigos cargados con las pesadas carteras de libros agarradas por sus asas.

Cuando la memoria te invade, la añoranza es capaz de transportar hasta hoy lo que aconteció muchos años atrás. Porque el recuerdo tiene un gran poder y guarda muchas enseñanzas.

Los cristales de mi ventana hacían un cierto efecto de espejo que me permitía vislumbrar mi rostro. Mi nariz se les aproximó y el vaho de mi aliento empañó la visión. Recordé que aquella era una de mis distracciones preferidas; cuando con mi diminuto dedo índice hacía infantiles trazos y figuras que enseguida se disipaban.

Mi mirada se turbó y se adentró en la profunda oscuridad. Un escalofrío, tan extraño como acogedor, me acogió con una especie de abrazo y mis brazos se entrecruzaron por delante. ¡Así hacíamos al ponernos de pie en el colegio o al situarnos en fila para entrar y salir juntos los compañeros de clase!

Me sorprendió una voz que me preguntaba:

–¿Cómo te sientes?

Sin darle mayor importancia, mi mirada se extendió por aquella agrupación de nubes salteadas que, entremezclándose, tomaban los más diversos formatos, hasta que permanecieron fijas dejando aparecer aquel rostro que, mirándome fijamente, volvió a preguntarme:

–¿Cómo te sientes?

–¿Quién eres? –le pregunté extrañado.

–Soy Gutantost, la Voz del Silencio.

GUTANTOST

En que descubro que el silencio tiene voz

Cuando el silencio tapa tu boca, no es que no tengas nada que decir, sino que no tienes a quien contarlo. Y cuando tus oídos se llenan de silencio, no es que no tengas quien te hable sino que no eres capaz de escuchar.

–¿Quién eres? –volví a repetir–. ¿Qué quieres? –insistí.

–Puedes llamarme Gutantost; soy la Voz del Silencio.

–Si el silencio es la falta de cualquier sonido, ¿por qué me hablas? ¿Acaso pretendes engañarme?

–El silencio es un susurro que tus oídos no llegan a escuchar. ¿Te has preguntado alguna vez si no los tendrás cegados?

–No entiendo tanto misterio. Ven, muéstrate y explícate.

–No me encuentro escondido; lo que sucede es que solo los ojos que quieren encontrarme, ponen interés y esfuerzo en ello, logran verme.

El sonido de aquella voz era envolvente. Resonaba en mi interior y llegaba de todas partes sin que pudiera precisar un origen determinado.

Finalmente me fijé en las nubes y en una de ellas me pareció ver un ojo que emitía un guiño. Pero una vez que lo escudriñé con detalle resultó impávido.

–Ja, ja. –Se rio–. No puede verme quien desea hacerlo por simple curiosidad, por temor o por interés. Solo puede encontrarme el alma que busca pureza.

Aquello me dejó atónito.

–¿Y quién eres tú para juzgar si busco o no la pureza?

–No soy nadie, pero soy todo. Soy el éter que envuelve tu halo. Soy tan tú como puedo ser otras personas.

–¡Muéstrate! –le dije en tono firme e imperativo.

–Lo que tenga que ser será al llegar su momento.

–¿Tu voz procede del desierto? –le pregunté.

Noté que se quedaba algo dubitativo, a juzgar por el tiempo que tardó en responder. Y me sentí orgulloso de haberle desconcertado.

–¿Por qué me preguntas eso?

«Una forma clásica de evasión –pensé–; responder con otra pregunta para tratar de recuperar el control y ganar tiempo».

–Los «amos de la nada» tienen la misma forma misteriosa de hablar.

–¿Has estado con ellos?

–¿Tu éter no me siguió en aquellos momentos? –le respondí con sorna.

–Tal vez no hizo falta entonces –contestó, y enganchó con una nueva pregunta.

–¿Te sentiste a gusto entre ellos?

–Sí –respondí rotundamente.

–Quizá es que seas uno de ellos.

–¿Un beduino, un tuareg o algún otro tipo de nómada? –dije bromeando–. Yo vivo aquí.

–No siempre se es de donde se vive. Ser es algo tan profundo que no se puede reducir a una simple localización geográfica.

–¿Me estás diciendo que el ser físico puede pertenecer a un lugar y el ser profundo a otro?

–¿Te parece absurdo?

–Ahora que lo pienso, no.

–La realidad se esconde muchas veces detrás de la apariencia o de la simple percepción. ¿No estás de acuerdo?

–Pues vistas así las cosas...

Ahora fui yo quien se quedó desconcertado titubeando.

–¿Me vas a decir quién eres? –insistí de nuevo.

–¿Por qué necesitas saberlo? ¿Acaso no te interesa nuestra conversación?

–Sí, pero entiende que es como hablar con la Nada.

–¿Recuerdas si la Nada hablaba en la inmensidad del desierto?

–Sí, lo hacía.

–¿Y le pedías que se mostrara?

–No.

–¿Y cuál es la diferencia? ¿Acaso no sería que allí ibas buscando sus mensajes y aquí te has encontrado con que he sido yo quien ha comenzado preguntándote?

–¿Entonces eres la misma Nada?

–Ya te dije que soy Gutantost, la Voz del Silencio.

»¿Por qué en el desierto rogabas que apareciera y buscabas conversación conmigo mientras que aquí necesitas una figura a la que dirigirte? ¿Acaso no sería tan espíritu el uno como el otro?

–Ese es un golpe bajo –dije.

–No lo pretendía. Simplemente se trata de un matiz. ¿No será que tu predisposición era diferente?

–Quizá.

–¿Y qué buscabas allí?

–Lo que soy.

–¿Y lo encontraste?

–Algunos retazos

–¿Y aquí ya lo tienes contigo?

Guardé silencio. Lancé nuevamente vaho sobre el cristal en el que apoyaba mi nariz y mi dedo volvió a hacer un dibujo incomprensible.

Quizá ese dibujo representaba la vida. Tal vez me representaba a mí en su paso por ella. Probablemente un galimatías.

La luna se había ocultado y las nubes se habían movido. El rostro que me guiñaba un ojo ya no existía.

Pensé que me iba a costar conciliar el sueño, pero sin embargo dormí plácida y profundamente.

Al alba, una sensación de paz me tenía estrechamente abrazado.

Recordaba el suceso del día anterior vagamente. No le di más importancia, pero agradecí que me hubiera regalado un sueño tan reparador. «Ja, ja –se rio–. No puede verme quien desea hacerlo por simple curiosidad, por temor o por interés. Solo puede encontrarme el alma que busca pureza».

Aquello me dejó atónito.

VIAJE Y CAMINO

En que la Voz del Silencio me enfrenta con la felicidad del trayecto

Me estaba afeitando bien temprano como era mi costumbre. El paso de la brocha enjabonando mi cara siempre me ha producido un placer que tomarme con calma. Luego pasaba la hoja de afeitar un par de veces para rasurarme y me daba un brochazo final que me dejaba extendido para entrar en la ducha fría.

Mientras me miraba a los ojos frente al espejo, recordé la conversación mágica de la noche anterior.

«Bueno –me dije–. No estuvo mal. Al menos me ha hecho dormir estupendamente».

Ese día me noté algo ansioso. Deseaba que llegara la noche; así que cuando las estrellas comenzaron a llenar el firmamento y la luna tomó protagonismo, yo estaba asomado a la ventana esperando que aquella fantasía reapareciera.

Las luces de los edificios fueron apagándose hasta casi la oscuridad total.

La quietud era absoluta en el barrio. Los tejados, de pizarra, mostraban el brillo de la humedad que los empapaba.

Pero no sucedió nada. No hubo ni rostro, ni saludo, ni preguntas. Simplemente nada.

La fantasía había sido producto de mi imaginación y parecía que se había agotado completamente. Se había evaporado.

«La ansiedad de mi mundo me persigue –pensé–. Queremos que las cosas sean cuando deseamos que sean, y si no lo son en el momento que queremos no ponemos contenernos. Nuestro estado habitual es el de la tensión permanente».

–Yo no juego así –me dijo la Voz del Silencio unos días más tarde.

La sorpresa fue mayúscula. Miré por la ventana y otra vez estaban allí las nubes con aquel ligero guiño.

–¿Eres tú? –pregunté.

Silencio.

–¿Dónde has estado? Te estuve buscando.

–¿Crees que puedo a estar a tu disposición cuando quieras?

–¿Entonces vas a decirme en qué momentos podríamos vernos?

Su carcajada fue estruendosa.

–¿Acaso piensas que voy a programarme para que tú puedas planificar tu vida?

–Al menos dime si habrá algún símbolo o manifestación que me indique que vas a estar.

–Eso sí te lo puedo decir sin problema.

–Muchas gracias –dije satisfecho.

–Estaré aquí cuando aparezca. Esa será la señal.

–¡No lo dirás en serio!

–Y tan en serio. Mira; para mí el tiempo no tiene el mismo sentido que para ti. Tú te planteas la vida como una sucesión de objetivos a superar, ¿no es cierto?

–Sí.

–Y una vez que superas uno, te planteas otro más de índole superior, ¿verdad? Estás en la enorme fila de la Senda; entre los que esperan alcanzar la Meseta.

–Sí. Así es la vida.

–Así es tu vida, querrás decir. La vida es como es. De lo que tú me estás hablando es del modo en que tú te planteas acometerla. ¿No hay otras personas que viven su vida de modo diferente?

–Sí, claro.

–¿Y la viven?

–Sí.

–Luego entonces hay otros modos de afrontarla. ¿No crees que deberías hacerte la pregunta de forma distinta?

–No te entiendo.

–Pues piensa en lo siguiente. Tú estas hecho para vivir en base a objetivos. Te pasas la vida escalando picachos. Pero ¿qué sucede cuando alcanzas uno de ellos?

–Pues que me siento satisfecho.

–¿Y ese estado te dura mucho?

–Bueno; el justo y necesario antes de acometer el siguiente.

–¿Eso quiere decir que dedicas más tiempo al esfuerzo que a la satisfacción?

–Mmmmm –dije.

–Bueno, bueno; no pasa nada. Cada cual dedica su vida a lo que quiere. Porque supongo que eso es lo que quieres ¿no? Quiero decir que lo tienes bien meditado, ¿verdad?

–Pues, francamente...

–¿Acaso una persona tan inteligente como tú no se ha planteado algo tan importante?

–¿Por qué me asedias?

–No lo hago –me dijo.

–Solo vivo como he creído conveniente –continué.

–¿Como has creído conveniente o por donde te ha empujado la vida?

»Dime algo: ¿eres tú quien ha decidido tu vida, o tu vida es la que ha elegido tu forma de acometerla? ¿Elegiste ir a La Senda? ¿Fue esa la pregunta cuya respuesta fuiste a buscar al desierto?

–Ya lo sabes –respondí enfurruñado.

–Si te molesto o te sientes agredido, me retiro –respondió con crudeza.

–¿A dónde quieres llegar?

–A algo muy simple: si pasas mucho más tiempo por las trochas que llevan a la cima de la Meseta que luego gozando de la estancia allí, ¿dónde deberías buscar más la felicidad: en el trayecto o en el objetivo?

Reconozco que aquel modo de estamparme ante la vida me resultaba ofensivo por su simplicidad. Me sentía tratado como un niño.

«Debe pensar que soy idiota», pensé.

Pero en ese silencio me vi con mis amigos jugando camino del colegio. Saltábamos o marchábamos jugando a la piedra. Era feliz en el trayecto. No hubiera sido tan dichoso ni guardaría tan gratos recuerdos y profundas amistades si mi vida de entonces se hubiera basado tan solo en aprobar con las mejores notas. Lo uno no era incompatible con lo otro.

Un trayecto feliz es un excelente combustible que proporciona la energía necesaria para ascender a las más altas cimas. No son incompatibles sino todo lo contrario. La cuestión reside en dónde pones el foco.

Y así llegó el silencio más profundo que nunca antes aquella ciudad hubiera tenido.

LO QUE TUVE

En que escudriñamos la sabiduría de aquel baúl del olvido

El confinamiento hacía estragos. La mezcla de tristeza y preocupación era un brebaje demasiado denso y pegajoso para una sociedad acostumbrada al bullicio y la alegría colectiva.

Esas miradas desconfiadas y distantes, que alejaban a las personas y anulaban las demostraciones de sentimientos haciéndoles quedar contenidos y sin contacto físico, incluso entre los miembros más queridos de la familia o amigos, los había convertido en una especie de *zoombies*.

Además, el dolor por las pérdidas mantenía abiertas las heridas de un duelo incompleto. Era una bomba encendida a la que no se le había permitido estallar vestida de incomprensión, incredulidad y de un sentimiento de injusticia y reproche por la incapacidad de quienes tenían la obligación de prevenir.

El estado general era de confusión y cansancio por ese «no poder hacer» prolongado.

La primavera comenzaba a florecer, y con ella el milagro de la vida adornaba de flores y ramas verdes, y los grises asfaltados de la ciudad.

El sol saludaba diariamente y empezaba a dejarse sentir, derrochando un amable y agradecido confort.

Los olores de la vida y los estallidos de las flores eran un sutil alimento. Aunque esta vez olía demasiado a funeral y entierro.

El proceso que vivía, pese a mi esfuerzo por mantener el estado de ánimo alto, empezaba a ser como el de la carcoma que corroe y debilita lentamente el interior de la madera.

«Quizá este ritmo de vida –pensaba– tenga mucho más que ver con el que viví durante mi niñez». La dependencia de los estímulos de diversión y los estridentes movimientos modernos poco tenían que ver con los de aquella época.

El estilo de vida postmoderno lleva muy mal la quietud. No está preparado para aceptarla. Lo olvidó hace tanto tiempo que el aturdimiento del quehacer había penetrado en nuestras médulas.

Estábamos muy orgullosos del progreso alcanzado, de la reducción de la miseria y del asentamiento de un estado de bienestar. Lo material adornaba las vidas de unos seres humanos que habían dejado abandonado en el desván del olvido el recuerdo de su esencia y de su fragilidad.

Todos sabíamos que la vida que estaba siendo ya no podría volver a ser y que el golpe sería mucho más profundo que el de la simple enfermedad.

Me vinieron al recuerdo aquellos tiempos humildes de mi niñez, en los que el confort era poco accesible o incluso desconocido. En los que la única opción posible para combatir el frío de una naturaleza, entonces más brava, era una sencilla cocina de carbón que desde la madrugada se atizaba.

Eso, que hoy se consideraría miseria, era entonces considerado normal. Pero mi mejor recuerdo es que en medio de aquel estado de cosas jamás nos faltaron ni la alegría ni la sonrisa. El afecto era más estrecho, y eso modulaba el hecho de vivir cinco en un espacio que hoy, incluso para una pareja, parecería agobiante.

–¿Será cuestión de la composición interior de la persona? –me dijo la voz.

Me asomé enseguida a la ventana. El sol florecía con intensidad. «Quizá hoy me muestre su rostro», pensé. Pero esta vez no encontré ni siquiera una nube. El cielo era de un azul acogedor limpio y nítido.

–¿Dónde vas? –me preguntó.

–Quería ver si podía conocerte.

–¿Es que acaso no me conoces? ¿Por qué tienes que relacionar el conocer con el hecho de ver? ¿Acaso lo que no ves no existe?

–Alguna forma tienes que tener. Algo que te identifique.

–¿Crees que no soy lo suficientemente identificable? Te hago llegar mi sonido y mi pensamiento.

–Ya, pero... –balbuceé con desconcierto.

–Igual hasta buscas en mí una forma humana –se burló.

–Entonces ¿quién eres?

–Ya te lo he dicho: Gutanstost, la Voz del Silencio. No seas pesado.

–Pero eso es simplemente una figuración, un concepto. Dime al menos de dónde vienes.

–Vengo de ti.

–¿De mí?

–Sí, de ti; del baúl de tu propia historia. Lo he rescatado. Simplemente he abierto lo que tú habías dejado abandonado en el mundo del olvido.

–¿Entonces estoy hablando con mi pasado?

–No seas maniático. ¿Qué más te da? ¿Te resulta útil saberlo?

–Sí.

–¿Te aporta algo?

–Sí.

–Pero ¿qué más te da quién sea o de dónde provenga? Eres demasiado materialista ¿no crees? ¿Siempre has sido así?

–¿Materialista? –Reí–. Hubo un tiempo, en mi niñez y juventud, en el que tener era algo marginal.

–Y entonces, si no era para conseguir tener, ¿para qué vivíais? ¿Qué era lo que daba sentido a tu vida?

–Pues, no sé. Teníamos otras ilusiones

–¿Recuerdas cuáles?

En ese momento mis respuestas dejaron de ser espontáneas y naturales. Me vi obligado a hacer un parón.

–¿Ves como necesitas abrir el baúl del olvido?

–Déjame pensar un poco, no me interrumpas.

–Bueno; te dejo y espero tu respuesta.

Continué asomado a la ventana. Aquella era entonces la de mi cuarto. Me quedé como traspuesto. Poco a poco se fueron desvaneciendo las figuras de todas aquellas edificaciones y apareció el esqueleto. Lo que entonces era el barrio. Con sus edificios dispersos y sus campos entre medias. Incluso la figura, aún en construcción, del que luego sería mi querido colegio.

Vi llenarse, poco a poco, las calles con personas que vestían de forma anacrónica. Y entre todos me llamó la atención un niño de unos cinco años que caminaba junto a su padre. Le tomaba de la mano; o mejor dicho, se agarraba del dedo índice que él le ofrecía.

Sonreían y hablaban juntos. Se les veía alegres.

Me fijé en sus vestimentas y observé que estaban limpias y cuidadas, aunque se veían usadas. Pero sobre todo me llamó la atención el brillo de aquellas botas de cuero.

Saludaban a aquellos con quienes se cruzaban, y me sorprendió el que se detuvieran a charlar antes de proseguir camino. Su paso no era precipitado. El del padre se acomodaba al del niño.

¿Dónde iban? Parecían no tener rumbo. Simplemente paseaban y daban una vuelta. No parecía existir otro propósito más allá de ese.

Y me vino a la mente la frase de aquel beduino con el que conviví en el desierto: «Cuando uno no tiene nada, el tiempo es su mayor posesión. Porque el dueño del tiempo es el dueño de la libertad». Casi lo había olvidado.

¿Y si yo había sido también hijo de los dueños del tiempo?

El niño se cruzó con una piedra en el camino y, sin pensarlo, despreocupadamente le dio una patada que la hizo volar.

Un poco más adelante había una fuente sencilla y callejera. El padre abrió el grifo, dejó el agua correr y se entretuvo en explicarle al chiquillo cómo debía poner las manos para beber. El niño observaba y trataba de imitarlo. Estaba aprendiendo y admiraba la sabiduría de su padre. Era un ídolo para él.

A su espalda quedaba un campo de amapolas recién florecidas y, en medio de todo, un pino solitario. Buscaron su sombra y se sentaron a conversar. No podía escuchar lo que decían pero se les veía entretenidos.

El niño miró hacia mi ventana. Nuestras miradas se cruzaron. Hubo cierta proximidad, pero nos sentimos desconocidos el uno para el otro.

Parecía querer decirme algo, pero no llegué a interpretarlo. No hubo palabras. Ni siquiera comunicación, poco más allá que aquella simple mirada.

Y me quedé escudriñando aquel baúl del olvido donde la felicidad no dependía de la acumulación, de bienes ni de actividades.

La Voz del Silencio me había abandonado nuevamente.

EL VALOR

En que me enfrenta con la responsabilidad del conductor de caravanas

—El valor no es algo objetivo. Es un sentimiento. Algo que tú puedes crear y de lo que puedes ser propietario.

Así, casi como un «escupitajo» inesperado, se apareció nuevamente Gutantost.

–No te escudes en el empujón del entorno para abandonar tu camino y dejarte llevar por la fuerza del vendaval –continuó diciendo.

Aquel día una fuerte ventisca había hecho su aparición. Las hierbas de los campos eran violentamente agitadas, y un hombre con gabardina y boina se enfrentaba con firmeza a la fuerza del viento, caminando en su contra. Buscaba su destino.

–He ahí a alguien que se esfuerza por llegar a donde desea. Un propietario de su rumbo.

–¿De todo tienes que sacar conclusiones?

–No lo hagas si no quieres. Si te estorba o no te conviene, no te las hagas, pero no quieras impedir que yo las saque. Las preguntas están volando por la atmósfera esperando que alguien se interese por ellas y quiera hacerles caso, pero no es necesario que seas tú quien se ocupe de ellas. Se trata de tu libertad. Eres tú quien debe manejarla.

–¿Por qué te empeñas en removerme?

–¿Acaso no has encontrado algo valioso en el fondo de ese baúl?

–Sí, pero también hay dolor.

–¿Te duele el recuerdo?

–Claro que duele.

–¿Y por qué?

–Creo que por lo que quedó atrás y he perdido.

–¿Pudiste sacarle más partido a lo que tenías?

–Sí, seguro. Y eso es lo más doloroso.

–¿Y por qué no lo hiciste?

–Pues porque en ese momento no tenía conciencia de su valor.

–¿Quieres decir que no supiste aprovecharlo como lo harías hoy si volvieras a vivirlo?

–Sin duda alguna.

Y en ese momento me di cuenta de que la vida es una suma de instantes. Y cada instante una oportunidad que tienes a tu disposición. Un momento que puedes aprovechar. Todo es intrascendente si no le prestas atención, y todo puedes envolverlo con el traje del afecto si quieres que un día cualquiera forme parte de tus recuerdos más entrañables.

Ahí está la elección del camino.

Y recordé al nómada enfrentándose a aquel inmenso desierto.

–Elegir el camino es una responsabilidad e implica riesgos.

–¿Recuerdas al guía de una de aquellas grandes caravanas? –me preguntó como si hubiera leído mi pensamiento

–Oh, ¡cómo olvidarlo! Sin expresarlo, los ojos de todos los que lo seguían lo observaban con fe. Todos depositaban sus vidas en su saber hacer y en sus manos.

–Las consecuencias de tus actos son tuyas y debes ser tú quien las asuma, aunque en ocasiones afectan a muchos otros –dijo Gutantost.

–¿Te has visto como conductor de caravanas?

–He viajado con ellos, pero nunca he tenido esa responsabilidad.

–¿Estás seguro?

–Seguro. Sería algo inolvidable.

–Por supuesto. Las caravanas tienen muchos formatos. Y no hace falta que estén formadas por beduinos montados en sus dromedarios.

»¿Acaso no fueron tus abuelos o tus padres conductores de una gran caravana? La caravana de la familia.

»¿Acaso sus pasos no fueron la guía para los que los seguíais? ¿Y su criterio el que los orientaba en el Gran Viaje de la vida?

–Sí; tienes razón –respondí.

–¿Y para que una caravana atraviese los peligros del desierto y llegue con éxito a su destino acaso no se necesita la aportación de todos?

–Es cierto. El guía orienta y conduce, marca ritmos y prioridades, localiza oasis, gestiona etapas y lugares de asentamiento.

–¿Y no se ocupa de enseñar y hacer comprender las palabras del desierto a quienes lo siguen?

–También.

–Pues al igual que el guía de una caravana, cada uno lleva la responsabilidad, no menor sino más sagrada, de conducir a su familia. De robustecerla y rodearla de comprensión y cariño.

»El guía no nació guía. Y el conductor de una familia tampoco.

»La vida, tu vida, es mucho más que conducir tu existencia: es asumir la responsabilidad de influir, colaborar y enseñar a los que te siguen.

»Igual que una caravana te exige contribuir para hacer el viaje, una familia reclama la aportación de todos para acometer el largo viaje de la vida.

–¿Por qué me dices todo eso?

–Pues porque elegir cómo «vivir tu vida» no es solo una decisión individual. No solo estás en juego tú, sino la felicidad de otras muchas personas que te siguen.

–¿Te parece que el guía es libre de tomar decisiones solo para él?

–No, porque lleva a muchos otros detrás.

–¿Y no debe prever que, si le sucede algo, alguien debe haber aprendido lo suficiente como para poder asumir las decisiones que son necesarias?

–Sí.

–¿Y ese alguien que se ve empujado a asumir esa responsabilidad no podría tomar la decisión de no aceptar el reto?

–No. Su obligación sería sustituir a su maestro guía de acuerdo con su mejor criterio.

–Esa, y así, querido, es la vida. Tomar el camino personal no puede ser algo frívolo, sino que es algo que implica a muchos otros.

»Por eso, guardarse el cariño que uno puede dar, esconderlo a la espera de recibir, o dosificarlo para darlo en igual proporción a la que se recibe, es jugar con la vida de otras personas y valorarse poco a uno mismo.

–¿Valorarse poco?

–Sí, lo que oyes. El guía piensa que los demás depositan en él una fe que no merece pues sabe bien las dudas que lo asaltan en ocasiones y el temblor de piernas que se produce cuando duda en sus decisiones.

»Si las personas supieran lo que significa o puede significar su cariño para los demás, a buen seguro que se valoraría más y sería mucho más generoso.

Recordé la generosidad y el cariño que mis antepasados, abuelos, padres, tíos, hermanos, esposa, hijos y amigos me habían ofrecido en la vida. Por encima de dificultades y penurias siempre me entregaron lo mejor de sí mismos y buscaron que yo tuviera su sonrisa. Ellos fueron los conductores de mi caravana.

¿Acaso, si hubieran pensado solo en ellos mismos al «elegir su camino», no me hubieran negado todo aquello?

Y comprendí la responsabilidad de mis decisiones y actos. Que formaba parte de un entrañable racimo que pedía mi contribución.

Y entendí la importancia de los valores en mis decisiones.

–¿Algo te abruma? –me preguntó.

–Es impresionante la responsabilidad que todos portamos.

–¿Crees que el guía piensa en eso cuando acomete su viaje o en la oportunidad que para toda su *kabila* supone el tener la posibilidad de hacerlo?

El viento arreció y se envolvió de aguanieve. Pero el hombre de la gabardina continuó en su esfuerzo hacia la meta.

LA CALMA

En que me enseña a admirar la sencillez

Había dormido mal esa noche. El exceso de reposo también quita el sueño.

La situación de parálisis continuada en un recinto reducido causa cansancio.

El ventanal era el mejor contacto con un envidiable exterior que hoy se encontraba soleado y con una agradable temperatura, lo cual provocaba aún más deseos de salir.

Pasear y gozar de algo tan simple como aquellas calles y parques se había convertido en un ansiado placer que seguía lejano.

–Observo que respiras agitado. ¿Cuál es la razón?

–Son ya demasiados días de quietud.

–Qué raros sois los de esta generación.

–¿Por qué?

–Por vuestra entrega a la agitación. ¿Tanto placer encontráis en ello?

–Es que necesitamos actividad.

–¿Seguro que es eso?

–¿Y qué otra cosa podría ser?

–¿No es cierto que cuando estáis en un lugar deseáis estar en otro y que cuando llegáis al él quisierais estar en aquel del que habéis partido?

–¿Por qué dices eso?

–¿Y no es cierto que cuando tenéis algo deseáis tener otra cosa, y que cuando la conseguís no encontráis especial satisfacción en ello?

»¿Es agitación por cansancio o falta de capacidad para controlar vuestra ansia?

–Si alguien es así ¿qué otra cosa puede hacer?

–¿Es la situación la que os provoca ese malestar o vuestro propio Ser el que os domina?

»Mira por la ventana. ¿Ves el campo de amapolas?

Atendí a lo que me pedía.

–¿Qué ves?

Un hombre se acercaba desde la lejanía a través del camino que cruzaba los campos.

Lo reconocí por aquella chaqueta confeccionada con aquel tejido de *tweed* que se conocía como «ojo de perdiz» y sus pantalones de color gris marengo.

Su atuendo era clásico.

Una boina, muy bien llevada, le daba un aire altivo y distinguido. Su cuello se adornaba con una corbata que siempre era negra.

Era fornido y de notable altura, y caminaba de modo firme y poderoso. Su porte no mostraba prisas, pero sí contundencia.

Había un chiquillo sentado junto a su padre. Ambos se encontraban en el campo de amapolas bajo aquel pino solitario.

Salió corriendo hacia el caminante que se acercaba y aquel hombre fuerte lo recibió con una sonrisa y unos brazos que se abrían en señal de acogida.

El abrazo fue intenso.

El padre del niño, aún sentado, se alegró al contemplar la ternura que había entre nieto y abuelo.

–¿Sacas alguna conclusión de lo que estás viendo?

–Veo un gran cariño y el orgullo de estar juntos.

–Creo que debes seguir mirando. Fíjate bien. Y aprende a leer aún más lo que hay al fondo de la simple imagen.

Los tres habían extendido sus pañuelos y tomado asiento en la hierba bajo aquel pino. El niño jugueteaba con su abuelo, que se había quitado la chaqueta y remangado su camisa blanca.

Aquel reloj de bolsillo que siempre llevaba hacía las delicias del crío.

Se les veía alegres.

El abuelo indicó a su nieto que le acercara unas piñas y el chiquillo, divertido y orgulloso, se las llevó.

–¿Sabes cómo es el fruto de la piña? –le preguntó.

–No. ¿Cómo es? –se interesó el niño.

–Se llaman piñones y mira, se encuentran aquí dentro.

»¿Quiere coger uno?

El chiquillo lo cogió encantado.

–Mira, papá. Se llaman piñones.

–Sí, ¿te gustaría abrirlos?

–Sí, por favor.

–Pues dile al abuelito que te abra uno.

–¿Me lo abres?

–Sí; necesitamos dos piedras. –Y se levantaron en su busca.

El chiquillo tomó la mano de su abuelo, al que hizo sentir emocionado con ese simple e insignificante gesto.

–Vamos a explorar, verás.

El padre les dejó ir. Él también guardaba en su interior las aventuras que había vivido con su abuelo y no quería privar a su hijo de aquellas inolvidables experiencias que guardaría para siempre su corazón.

–Mira, papá; tenemos las piedras para abrir los piñones.

–Qué fuerte estás. Ya puedes con una de ellas –le dijo su abuelo.

Rompieron las cáscaras de los piñones golpeándolas entre aquellas piedras y su contenido quedó a la vista.

–Mira, papá: los piñones.

–Ya has aprendido a abrir piñas. Dile ahora al abuelito que te enseñe lo que son las triscas.

–Abuelito, ¿qué son las triscas?

–Ja, ja –rio su abuelo–. Mira. –Y, tomando una de las piñas, abrió unas de las solapas y la movió de un lado a otro haciéndola crujir hasta que finalmente la arrancó.

–¿Ves?; eso es hacer triscas.

El tiempo había pasado volando.

Se levantaron y tomaron el camino hacia casa. Se detuvieron en la pequeña panadería donde el abuelo le compró unos colines y regresaron tranquilamente.

El niño se cogía de las manos de cada uno de ellos y... ¡uno, dos y treeeess! daba un largo salto suspendido.

–¿Has visto algo más? –preguntó Gutantost.

–Creo que la felicidad.

–¿Y hacían muchas cosas?

–No, pocas; pero sabían sacarles partido.

–¿Dónde está la sabiduría entonces: en hacer lo que te gusta o en saber enamorarte de lo que haces?

No pude reprimir que una lágrima recorriera mi mejilla.

BUSCANDO MI SOMBRA

En que me descubre el diálogo interior

La Voz del Silencio brotó de la nada. Surgió en medio de la niebla que hoy se apoderaba del ambiente exterior.

–¿Recuerdas a aquellos amigos nómadas que dejaste en el desierto? –me preguntó.

–Claro. ¿Cómo olvidar aquellas experiencias y las enseñanzas que compartí?

–¿Recuerdas a aquel anciano que, acuclillado, dejaba pasar las horas con su mirada al frente extendida por el horizonte?

–Sí. Cada día observaba en su rutina y admiraba su resistencia.

–¿Te parecía débil?

–No, al contrario; admiraba su poder. El poder de la quietud.

–¿Qué te llamaba la atención?

–Su capacidad para soportar en aquella posición tantas horas. Y su inmovilismo; sin una sola mueca, ni la más mínima expresión de vida.

–¿Te parecía abatido?

–Jamás tuve esa percepción. Incluso le veía robustecido cuando tomaba su enroscada cachava y volvía por el mismo camino que antes le había traído hasta allí. Solo con la compañía del mismo silencio.

–¿Crees que estaba solo?

–Nunca nadie lo acompañaba.

–Te he preguntado si creías que estaba solo.

–¿Acaso estar sin nadie no es estar solo?

–¿Recuerdas el dicho de aquel beduino en el Consejo de Ancianos?: «Antes de abrir la boca, piensa si lo que vas a decir tiene algún fundamento».

Cuando Gutantost decía algo así era que sus palabras escondían una sorpresa, así que mantuve silencio.

–¿Qué quieres decirme con eso? –le pregunté finalmente.

–¡Qué precipitados y ligeros de boca sois los postmodernos! Tenéis tanta prisa hasta para hacer fluir vuestros pensamientos que os adelantáis a la sabiduría que guardan las palabras y la dejáis de lado.

–¿Quieres decirme que estar solo no es lo mismo que estar sin nadie?

–¿Y estar con alguien significa estar acompañado?

–¿No será que tú eres muy complicado?

–Veo que te has olvidado ya de «zila aldhdhat».

–¡Es verdad! La Sombra del Yo. La compañía que nunca te abandona. ¿Cómo he podido pasarla por alto?

–Pues quizá porque tu entorno te puede y empuja a ello.

–Recuerdo las palabras de El Z´Geurt, aquel sabio del desierto: «Durante el estío, con temperaturas insoportables, la única opción de supervivencia para los beduinos consiste en oscurecer totalmente las jaimas y permanecer en ellas hasta la llegada de la noche. Durante meses, aquellos «amos de la nada», amantes de la libertad, se confinan para protegerse.

–¿Y cómo crees que lo consiguen?

–Cuando le pregunté me respondió que mantenían el estado de hibernación conversando con su sombra.

–Busca su sabiduría. Habla con ella. Pronuncia muchas palabras, aunque no emita sonidos. Su silencio muestra su inteligencia. Si buscas las preguntas adecuadas encontrarás sus valiosas respuestas. El aislamiento no tiene por qué volverse negro ni una incógnita. Ni el confinamiento ha de suponer pérdida de libertad, ni la hibernación parálisis.

–¿Y qué puedo buscar?

–Eso es cosa tuya. Yo buscaría la paz. No me gustaría dejar pasar esta oportunidad.

–¿Es la esencia de la vida?

–Es el reflejo de la verdadera inteligencia.

»Déjala que hable; está en ti.

EL HALCÓN

En que habla de la admiración por la libertad

Un pájaro voló por delante de mi ventana. Y como en aquel romance del prisionero, ansié su libertad. Le pedí que me trajera noticias de lugares lejanos.

Me recordó a aquel halcón del desierto; el veloz dueño de los cielos que todo lo sabe porque todo lo observa. En quien fijan su mirada los beduinos para tratar de comprender los mensajes que encierra su vuelo.

Su deslizar era ligero e imponente. Plácido o agresivo, dependiendo de la actitud que le interesara en cada momento. Pero siempre majestuoso y recio.

Me transporté a aquellos momentos.

Lo seguí con mi mirada y en un determinado momento «conectamos».

–¿Qué quieres? –me preguntó.

–Tu amistad –le dije.

–¿Y por qué ahora?

–Nunca antes te había visto.

–Yo a ti sí. Pero jamás antes me habías hecho caso. Ni siquiera te habías fijado en mí.

–Si tú lo dices debo creerte.

–¿Cuánto tiempo hacía que no mirabas al cielo?

–Pues ahora que lo dices...

–¿Y si no miras al firmamento cómo vas a admirar a todos los que allí vivimos?

–Tienes razón.

–Parece que os gusta caminar cabizbajos.

–No lo creas; tal vez sea solo nuestra apariencia.

–Si miráis tanto hacia abajo, ¿cómo eleváis vuestro espíritu? ¿Cómo vais a superar la tristeza? ¿Cómo vais a liberaros de lo material para dar rienda a vuestra creatividad y encontrar vuestra esencia?

–Tenemos mucho que hacer.

–¿Y eso os hace felices?

–A veces.

–¿Y llena vuestro interior?

–Al menos lo mantiene en silencio.

–¿Y os extrañáis de que, tras mantenerlo abotargado durante tiempo, luego os resulte difícil encontrarlo?

»¿Sabes qué creo?

–No, y me interesa.

–Pues que os gusta conseguir las cosas sin esfuerzo. Que os habéis convertido en adoradores de la comodidad. Y que habéis olvidado que pertenecéis a la naturaleza, como todo el resto de seres vivientes.

Me quedé pensativo.

–¿Qué te parece mi vuelo?

–Majestuoso y natural.

–Lo es. Me considero un privilegiado. Pero el hecho de disponer de esa bendita característica ¿crees que me libera del esfuerzo?

–No lo sé. Parece tan natural en ti como en nosotros andar.

–Sí, pero necesita practicarse. Si me abandonara tendría que volver a aprenderlo. Y quedaría al albur de los vientos. Si no me ejercitara no mantendría mis fuerzas activas. Lo que ves es fruto de la práctica.

»¿Crees que cazar es simple?

–Supongo que para ti sí. Tu precisión es admirable.

–Pero no siempre acierto. Es falso el que al primer intento consiga pieza.

–Pensé que así era.

–No seas absurdo. Los humanos tendéis a creer en lo absoluto; adoráis aspirar a la perfección. Y la precisión es uno de vuestros pensamientos absolutos.

»Admiráis a los halcones por lo certeros que creéis que somos. Si vierais nuestros fallos nos bajaríais del pedestal en el que nos tenéis.

»¿Crees que volamos por simple placer? ¿Que no corremos riesgos? ¿Que somos todopoderosos señores del aire? Que dominamos del medio? ¿Crees que somos como vosotros quisierais ser?

Seguí su vuelo. A veces agitando sus poderosas alas. A veces dejándose llevar por las corrientes o simplemente planeando en quietud observando el conjunto.

–Me gustaría poder volar sobre tus lomos.

–¿Lo ves? Siempre tan cómodos. Que sea otro el que os lleve. Y seguro que querrías ser tú quien designara el camino por el que te gustaría viajar, ¿verdad?

Solo pude sonreír.

–Nos conoces bien.

–Sí. Sois humanos. Los que os designáis a vosotros mismos dueños y señores de toda la naturaleza. Los que pensáis que todos debemos estar a vuestro servicio. Los dominadores.

–Nunca había pensado en eso.

–Tampoco habéis pensado que las otras especies también tenemos nuestras propias aspiraciones, deseos y pensamientos. Que nuestras vidas son tan importantes para nosotros como para vosotros las vuestras. Que cumplimos un papel en la naturaleza y que contribuimos a que el eco-cosmos se mantenga, siendo parte del equilibrio.

»Pero no sé si a vosotros os importa mucho el equilibrio o simplemente buscáis que os sirva de utilidad.

–Muchos nos preocupamos por estudiar la naturaleza.

–Sí; es cierto. Pero ni conocerla ni comprenderla significa que os sintáis parte de ella. La naturaleza es algo que existe, que está a vuestro alrededor, pero no os mostráis parte de ella. Sois superiores.

»¿Por qué ahora te has parado a mirarme?

–Pues porque tengo tiempo y estoy aquí confinado.

–¿Y has comprendido la importancia del firmamento?

»Anda, ven conmigo y complaceré tu deseo de ver el mundo desde la perspectiva en que yo lo veo.

Reconozco que su generosidad hizo que una lágrima surcara mi rostro.

Sobrevolamos maravillosos rincones de aquella sociedad de la prepotencia. Encontré silencio y parálisis. Cielos limpios de aviones. Los únicos movimientos libres eran ahora los de los animales. El encierro de los humanos había devuelto la libertad a otras especies.

Los mares estaban surcados por muy pocos de aquellos pesados buques.

Y desde sus alturas, además de hermosos paisajes, vi que algunas personas elevaban su mirada al cielo. Y que algunos me envidiaban y pensaban cómo podrían conseguir un viaje similar.

Muchos miraban, pero no veían. Simplemente paseaban sus ojos por allí, sin leer los mensajes del firmamento.

Ahí abajo aún había demasiado ruido humano. Demasiadas peleas vulgares. Demasiadas actitudes dañinas. Demasiada ansia. Y demasiada poca voluntad de buscar lo positivo, de disfrutar la vida, de aceptarla.

Los reyes yacíamos rebozados en un lodazal que había sido creado más por nosotros que por la naturaleza.

Y comprendí que aquel virus no era la mayor de nuestras maldiciones.

HIBERNACIÓN

En que descubre la fuerza del propio Ser

La puesta del sol es un momento excelente para encontrar el horizonte. Poco a poco el sol va descendiendo hasta topar con la línea que marca el infinito.

Todo acaba allí. Y donde está el fin se encuentra el inicio; por eso es tan importante leer en el horizonte.

En el horizonte está el mundo onírico. Y allí se encuentran tus sueños.

Allí están tus metas y deseos, tus aspiraciones. En el horizonte se encuentra la paz.

Mirando hacia el horizonte todo se reduce. El horizonte fija la mirada en aquella línea que el sol colorea.

El horizonte es el punto clave para la hibernación. Detenerse allí invita a que lo importante tome trascendencia.

La hibernación es un sueño protector. Un escudo para el aislamiento.

La hibernación actúa en un doble sentido. Por un lado te defiende de la distorsión; y por otro, asalta tu interior. Por eso, el mantenerte aislado te permite penetrar en ti y conocer tus secretos.

Te libra de los enemigos, externos e internos, que te distraen de lo importante y lo trascendente. Por eso te acerca al sentido de la vida.

La hibernación no es casual: es un arte que requiere de práctica y esfuerzo de concentración.

El proceso previo es un acto de persuasión contigo mismo; una negociación en busca de tu mejor yo, de ese ser escondido que guardas dentro y que si quieres puedes revitalizar.

La hibernación es el medio para el encuentro de lo trascendente. Eso es lo que te atraía de aquel anciano del desierto cuando permanecía horas ensimismado en cuclillas. Y lo que al mismo tiempo le daba fuerzas para mantenerse de ese modo.

Todos los sentidos juegan su papel en la hibernación. Todos son necesarios. Cada uno tiene su misión y debes conseguir que la asuman.

La vista debe aprender a congelarse, fijándose en aquel punto perdido del horizonte donde pueden encontrarse el Todo y la Nada.

El oído, concentrado en el sonido de tu interior. En el fluir de tu circulación y en el sonido de los circuitos que atraviesan tu oído interno, aprendiendo de la somnolencia del silencio.

El olfato desactivado y como apartado de la vida.

El gusto inerte. Detenido e insensible. Saboreando el aire.

El tacto sintiéndote a ti mismo. Con tus dedos cerrando el circuito de la sensibilidad. Notando el milagro de tu piel.

La hibernación te hace vivir al margen de todo; aislado y concentrado en la búsqueda de tu Ser, que necesita un sentido para vivir.

La hibernación te da la fuerza de la concentración y te hace no sentir el dolor porque te enseña a concentrar tu sentir precisamente en el no sentir. Y esa es una nueva fuerza. Es la fuerza existencial del éter, que unifica la posición actual con el horizonte, lo real con lo imaginario.

SOSIEGO

En que habla sobre la responsabilidad de encontrar el sentido de la existencia

–¿Dónde te metiste ayer? –le dije al hacer su aparición ese día de nieves.

–¿Por qué me lo preguntas así?

–Porque estuve buscándote todo el día.

–¿Y eso?

–Pues porque fue un día larguísimo.

Noté que se quedaba algo dubitativo, como desconcertado, hasta que finalmente respondió.

–¿Largo?

–Sí, muy largo.

–¿Acaso tuvo más de veinticuatro horas?

–No digas bobadas.

–¡Ah!

–No es que fuera largo. Es que el tiempo se hizo larguísimo. No se acababa nunca.

–Ahora voy entendiendo. ¿Es que se te hizo muy pesado?

–Sí; eso.

–¿Y querías que tu vida pasara rápidamente?

–Pues, sí, la verdad.

–¡Cómo sois! Disponéis del don de la vida, de todo el confort, y sin embargo queréis que pase. Llegáis incluso a desear acortarla. Algo así como «suicidaros» un tramo de ella.

–Es una forma dramática de verlo.

–¿Y por qué me llamabas a mí? ¿Para hacerte compañía en ese «suicidio parcial»?

–Cuando quieres complicar las cosas eres único. Te llamé simplemente porque eres mi amigo.

–Para qué, ¿para hacerte matar el tiempo?

–Sí. O para estar con alguien que valga la pena y te permita distraerte.

–¿Y quieres que aparezca cuando me llames?

–Me gustaría.

–¿Y esa llamada es por nuestra amistad o por necesidad? ¿Porque te intereso yo o porque te intereso para ti?

–¿No es eso lo que hace un amigo? ¿Estar junto a uno cuando lo necesita?

–¿Y te necesitaba yo a ti?

–No; pero yo a ti, sí.

–O sea, ¿que lo que me planteas es que cuando me necesites puedas tocar una campanilla y yo esté presto a atender tus deseos?

–No me pongas nervioso.

–¿Acaso no puedo yo pedir lo mismo que tú?

–Sí, claro.

–Pues resulta que ayer estuve contemplando el milagro de la nieve blanquear los campos y necesitaba estar concentrado en mí. Por eso no vine.

–¿Eso no es egoísmo?

–¿Es muy diferente del tuyo al exigirme que viniera?

»Además, mira. Que yo sepa, el día de ayer tuvo la misma duración que el anterior y que el siguiente. Eras tú quien tuvo esa impresión. Dejaste que el tiempo te dominara; perdiste el control y te convertiste en un ser dominado por el ansia.

–Pues fue un día abúlico –le dije.

–No fue el día. No le pases a él una responsabilidad que es tuya. Para mí fue maravilloso. La única diferencia está en que yo supe encontrarle sentido a ese día y disfrutar con lo que me aportaba y tú te quedaste enfurruñado sin saber conducirte.

»Cuando dices que un día es largo te refieres a que no has sabido encontrarle contenido. O que el quehacer que has desarrollado no justificaba tanta dedicación.

»Tenías dos alternativas: encontrar otras cosas en las que emplear tu tiempo, o saber sacar partido y «enamorarte» de las que tenías que hacer.

»La primera fórmula te lleva a rellenar el tiempo. La segunda a sentir placer con lo que haces. ¿Cuál elegirías?

»No, no me contestes. Es algo tuyo. Debes ser tú quien sepa responder a algo que puede ser trascendental en tu vida.

–Sabes que soy un hijo de las prisas y del quehacer.

–Que estés envuelto en eso no quiere decir que tengas que ser así. Escoge. Emplea tu inteligencia.

»Cuando estabas con tu abuelo haciendo triscas, disfrutabas de ello. Sabías valorar ese momento. Sin embargo, la acción en sí no era extraordinaria sino más bien simple y rutinaria. ¡Hecha una, hechas todas! Pero supiste encontrar su valor. No era la acción, sino el estar disfrutando de la enseñanza de tu abuelo, juntos con tu padre.

»En ese vector del tiempo hay mucho valor escondido.

–¿Dices «ese» vector?

–Sí.

–¿Es que hay más?

–Por supuesto. Hemos hablado del tiempo como longitud pero hay más vectores.

–¿Como por ejemplo?

–Pues, por ejemplo, el momento.

–Háblame de él.

–Lo haré, pero no trates de usarme a tu antojo ¿vale?

–Qué susceptible eres.

–El momento te permite elegir cuándo hacer una cosa u otra. De tal modo que lo que en un momento te resulta satisfactorio en otro te resultará un estorbo.

–¿Y cuál es la lección?

–Pues que te sientas libre para elegir el momento. Quien se ve sometido a un momento se siente dominado. Esa es la razón por la que yo no acudí ayer. No era mi momento. No hubiera sabido sacar partido de nuestra relación.

»Tu momento era un momento en que te sentías desbordado. Me hubieras contaminado porque no querías dedicarte a ti, sino a tu superficie.

»Pero no tengo mucho que explicarte. Tú viviste la importancia de este vector cuando estuviste con los nómadas en el desierto. ¿Te acuerdas de aquel pastor de la montaña? ¿Acaso no era lo mismo?

»Ellos dominaban el tiempo. Eran dueños del momento y eso les hacía ser ricos. Porque ahí es donde se asientan la calma y el sosiego.

»Ni la calma es inacción ni la agitación eficacia. ¿Recuerdas ese proverbio nómada?

»¿Recuerdas cuando te enseñaron que en la vida vale más la persistencia que la velocidad puntual?

»El día no es largo o corto; eso simplemente es una sensación.

Y mi mente recordó aquellos días vividos con los beduinos en el salvaje desierto, donde sin la sabiduría para encontrar el sabor del sosiego la vida sería imposible.

–¿Qué podemos hacer con el tiempo? ¿Tenemos alguna oportunidad de actuar sobre él?

–El tiempo siempre vence; pasa inexorablemente sin detenerse.

»Pero podemos modular su impacto sobre nuestra mente. Para eso tienes que dominar el tercer vector del tiempo.

–¿Y cuál es ese tercer vector?

–Pues la calidad del tiempo, es decir, su intensidad.

–No comprendo bien a qué te refieres.

–¿No me has dicho que ayer el día se te hizo muy largo y pesado?

–Sí.

–Pues eso no fue debido a la longitud de tiempo que, como hemos visto, es invariable, sino a la calidad del mismo.

»Hay dos componentes para conformar la calidad, y ambos tienen mucho que ver con las percepciones que de él tenemos. Uno es el ritmo y otro es el 'tempo'.

–Sigo sin entenderte.

–Mediante el tempo podemos controlar la cadencia de algo. Y mediante el ritmo, su intensidad. De forma que cuando estamos muy excitados por alguna actividad, el ritmo se hace frenético; es decir, concentramos muchas interacciones en un minuto. Este es el ritmo.

»¿Y el tempo? Pues viene a ser el espacio entre un conjunto y el siguiente. Esa es la cadencia. Por eso, si esta es muy precipitada, nos agitamos y tenemos ansia, y si es demasiado lenta o espaciada, también.

–Ufff. ¿Eso es un modo de controlar la hibernación?

–Por supuesto. Tu admirado anciano bereber que pasaba horas ante la Nada, en actividad cero, era un mago de la gestión de la calidad del tiempo. Su sabiduría le permitía dominar el tempo y el ritmo.

»Aprende de la simpleza de situar tus quehaceres uno tras otro, en fila india, y será el primer paso para controlar la tensión y aprender a disfrutar de cada una de las tareas que te regala la vida.

»El tiempo actúa sobre tus pensamientos.

Fuera seguía nevando. Los copos, densos ahora, caían lentamente, casi como trapos sobre los cristales de mis ventanales. Ellos me hicieron comprender las habilidades de la naturaleza para controlar, sin estridencias, el ritmo y el tempo permaneciendo inalterable.

Tal vez ese fuera el secreto del autodominio y un sistema para acercarte a la felicidad.

Y me vino a la mente el imborrable recuerdo de mi abuela; una persona rebosante de sonrisa y paz que había conseguido tras mucho sufrimiento que poco o nada la alterase; que seguía su ritmo, y para quien las horas no significaban nada porque había logrado dominarlas. Vivía al margen del tiempo en un estado de alegre quietud con el que envolvía a todo su círculo.

Junto a ella todo era ella. Me abrazaba con un intenso cariño. Conversábamos y absorbíamos al tiempo. Me enseñó a hacer algo ahora, o a dejarlo para más tarde, pero a hacerlo con esmero.

¡Cuántas oportunidades me diste de aprender, abuela! Y cuánto más aprendería de ti si tuviera la oportunidad de volver a tenerte y disfrutarte.

EN EL HOSPITAL

En que te topas de bruces con la fragilidad

La situación de pandemia que había invadido el mundo en pleno siglo XXI se prolongaba y crecía sospechosamente descontrolada, desconocidos sus orígenes, marginalmente eficaces sus tratamientos y lejanas sus posibles vacunas.

Las personas, especialmente las de mayor edad, estaban al albur de que la suerte de la ruleta rusa quisiera caer o no sobre ellas.

Del desconcierto inicial y la fe en el saber de la medicina se había ido pasando a la desconfianza y el cansancio. Desconfianza al toparse con la endeblez del ser humano ante la vida y al contemplar que todos los avances habían sido desbordados dejando a la población a la intemperie. Cansancio, porque llevar a cabo la vida en confinamiento con la libertad de movimientos cercenada resultaba agotador; y lo que al principio resultó algo anecdótico si se tomaba con cierta deportividad, ahora pesaba ya sobre los gravemente alterados comportamientos.

La prolongación del aislamiento obligatorio creaba un estado de abulia agotador. Las familias, distantes, sin poder compartir sus vidas, se sentían ya incómodas y un sentimiento gris de la vida las envolvía. Eso cuando no era el luto el color, dado el fallecimiento de algún ser querido a cuyo lado se les había prohibido estar y sin poder ni siquiera acompañarlos en su traslado final.

Los féretros se agolpaban en formación a la espera de ser conducidos hacia un tenebroso lugar de forma incógnita.

Los muertos se contaban por millares oficialmente, aunque todos sabían que las cifras dadas por las autoridades eran no solo engañosas sino que estaban falseadas a conciencia por quienes, por falta de capacidad para adoptar medidas de prevención, eran ya cómplices de aquella tragedia.

Ni las personas, ni las ciudades, ni la nación, ni el mundo era ya como todos los habíamos conocido y dejado. Todo estaba desdibujado y transformado. Y el futuro se empecinaba en mostrarse persistentemente incierto y tortuoso.

El bofetón a la prepotencia continuaba día a día. Y las sensaciones, sentimientos y medidas que lograba adoptar la sociedad en los tiempos de la tecnología eran similares a los que Daniel Defoe describiera durante la peste que asoló Londres en 1648. Poco más que la vestimenta había cambiado. La esencia del ser humano se mostraba idéntica.

De repente se había retrocedido siglos. Las reacciones de las personas, individual y colectivamente, eran parecidas, y las técnicas de protección ante el brote, en aquel tiempo frente a la peste y hoy ante el coronavirus, seguían siendo muy similares.

¡Dios, qué ancestral era el ser del hombre! a pesar de todo ese halo de prepotencia que se había construido.

En los hospitales bullían caras de crispación e impotencia. La medicina se había topado con un límite para el que no tenía soluciones curativas, y las paliativas, por dejadez e incapacidad, se habían visto sobrepasadas.

Solo había rostros extenuados de rabia, tensión y saturación, frente a una avalancha permanente.

Sirenas, carreras, sollozos espontáneos o contenidos, como nunca antes se habían conocido. La imprevisión y la desidia de unos dirigentes incompetentes y superados habían ayudado a crear un sembrado multiplicador de muerte.

La contagiosa pandemia seguía avanzando y se transmitía entre un personal sanitario situado en primera línea y desprovisto de protecciones adecuadas. El temor al contagio, propio y de sus familias, agudizaba una tensión que solo el honesto cumplimiento del deber ayudaba a superar.

La sociedad estaba conmocionada. Y las fuerzas de seguridad y el Ejército, igualmente en primera línea y sin mecanismos de salvaguarda, prestaban todo su apoyo para tratar de controlar lo que nunca debía haberse producido con tanta intensidad.

Manos anónimas se esforzaban en mostrarse cercanas y dar calor a los pacientes que, aturdidos y aterrados, sufrían su soledad intentando aferrarse a una vida que desconocían si valía la pena seguir viviendo.

EL MAESTRO

En que los valores del pasado se acercan y asientan en mi mente

La silueta de mi colegio se vislumbraba claramente al final de aquel camino que atravesaba el campo, a veces entre charcos y heladas, y otras entre florecillas silvestres. Era un campo de matojos sin un solo árbol.

El colegio es uno de esos lugares cuya enorme influencia cuando estás allí no percibes, pero que pasados los años deja grabadas huellas imborrables; en su inmensa mayoría, y salvo excepciones, enormemente gratas y felices.

Recuerdos de compañeros y profesores entrañables, junto a otros anodinos; de actividades deportivas en equipo, clases cuyas enseñanzas después de décadas aún se recuerdan, y excursiones, aventuras y un innumerable conjunto de anécdotas.

El edificio era imponente y, pese a su enorme magnitud, no resultaba un mamotreto, sino más bien ligero y enormemente funcional.

Me enorgullecí al recordar que yo había sido uno de los pocos alumnos fundadores, algo de lo que siempre presumí y llevé a gala.

Aquellos recuerdos eran una mezcla de nostalgia y satisfacción; pero, en cualquier caso, me sentía vivir uno de esos momentos confortables y tranquilos.

Creo que el silencio fue sabedor de mi estado y se acercó a mí con cercanía y respeto.

–¿Qué te entretiene, que te encuentro tan calmado y absorto? –me preguntó.

–¡Oh! –le respondí–, pues observaba mi colegio y dejaba correr mis recuerdos. Allí llegué cuando tenía cuatro años, el primer día que, aún en obras, abrió sus puertas.

–Vaya; esos han de ser unos años muy importantes en tu vida.

–Pues sí; con ellos estuvieron inseparablemente vinculadas mi infancia y adolescencia. De allí salí, una vez finalizados mis estudios de bachiller, para incorporarme al mundo universitario, que me resultó mucho más frío e impersonal. Allí había construido mi fama y era conocido; aquí ni importaba lo uno, ni ser reconocido tenía ningún valor. Aquel era un lugar de estar, no de paso.

–Seguro que al recordar te vienen a la mente muchas anécdotas y momentos especiales.

–Pues sí, la verdad.

–Y si te preguntara sobre el recuerdo que tienes de tus profesores, ¿recordarías a algunos en particular?

–Por supuesto. Tengo muchos... –Pero antes de que empezara a relacionarlos, me interrumpió con toda suavidad y cortesía.

–Espero no ponerte en un apuro si te pido que te decidas por ese que consideras que fue tu mejor maestro. ¿Lo tienes?

–Sí.

–Vaya, qué rápido. No parece que tengas muchas dudas.

–No; tengo unos cuantos, pero si tuviera que escoger a uno, me decidiría de inmediato.

–Bien. Me gustaría que me explicaras las razones por las que para ti fue tu mejor maestro.

–Pues son varias personas, verás.

No me dejó que continuara con la relación de nombres.

–Basta con que los tengas en mente. Simplemente quiero que pienses en ellos y me respondas a lo siguiente: ¿cuáles son las razones para considerarlos tus mejores maestros?

–Muchas; pero te indicaré algunas. Nos hizo atractiva su asignatura, nos gustaba asistir a sus clases por el ambiente que creaba, nunca te hacía un reproche, me ayudó a entender y progresar. Le sentí a mi lado cuando pensaba que no valía para estudiar; supo animarme y darme seguridad.

–Bueno; no me extraña que te sientas orgulloso de haberles tenido como maestros.

»Ahora quiero que me respondas a otra pregunta: ¿Esos profesores son los que más sabían de la materia que impartían o has tenido otros cuyo nivel de conocimiento era mayor?

–Pues la verdad es que he conocido a otros cuyo nivel de conocimientos era superior.

–¿Y sin embargo, a pesar de eso, no les consideras tus mejores maestros?

–Pues no, la verdad.

–¿Y por qué?

–Pues porque eran distantes, o porque daban conferencias sin preocuparse del nivel que tenían sus alumnos, o porque eran displicentes, o descuidados, o porque estaban siempre amenazando...; habría un sinfín de cosas.

–¿Y sacas alguna conclusión de todo eso?

–Pues que el saber no lo es todo.

–Muy cierto.

–¿Y qué crees que tiene mayor influencia sobre las personas: el conocimiento o el comportamiento?

–Pues el comportamiento, sin duda. Eso es lo que te acerca y te hace sentir valioso, o te separa y te hace distanciarte.

–Si eso es así, dime: ¿cuál es la herramienta más poderosa que tienes para dejar huella?

–Sin duda el comportamiento. Si además se une al conocimiento, tu fuerza aún es mayor y mejor.

–Quiero que medites sobre eso.

Y me dejó. La Voz del Silencio llegaba, te dejaba su mensaje y se iba. Era como si no quisiera ofrecerte sus conclusiones sino dejar que extrajeras las tuyas propias.

Nunca aceptaba dar lecciones. Eso era algo de lo que huía sistemáticamente. Era como si le supusiera una responsabilidad que no quería asumir.

Tal vez por eso era La Voz del Silencio; porque sabía conjugar ambos. El uno para inspirar y el segundo para reflexionar.

Su silencio era profundo y lograba que fuera cálido y confortable. Rompía el temor a enfrentarte con la intimidad.

Mientras mi mirada seguía buscando inspiración en aquel camino hacia mi colegio que tantas veces recorrí, repasé anécdotas y hechos vividos con mis diferentes compañeros a lo largo de los años. Momentos de ilusión, de preocupación, de cansancio, de alegría, de frustración, de proyectos, de dudas ante el camino que la vida nos ponía por delante, y en definitiva de tantas y tantas sensaciones durante la niñez, la adolescencia y los inicios de la juventud.

Recordé a amigos con los que un día perdí el contacto y otros cuya amistad he conservado hasta hoy.

Y descubrí que la inteligencia relacional ha sido el mejor capital, o el más útil, que ha pasado por mis manos. Un capital que tenemos escondido en nuestro interior presto a ser descubierto y puesto en marcha.

Un capital del que no se nos habla, sobre el que existen pocos estudios y que no se valora, cuando en realidad es donde se guarda gran parte del secreto de la felicidad personal y de la que podemos ofrecer a los demás.

Pero descubrir y explotar esa inteligencia relacional requiere antes una reflexión personal y capacidad de autogobierno, o lo que es lo mismo, la habilidad de poner en marcha el mejor «Yo» que todos, o la inmensa mayoría, escondemos.

Y así, aquel día, que había amanecido brumoso en un mundo triste por el aislamiento, se convirtió en un día valioso para mí.

DESCÚBRETE A TI

En que te acerca a los rincones ocultos de la sabiduría

—Hay mucha sabiduría escondida. Y mucha de ella se encuentra en las estrellas. Pero, ¿te das cuenta que casi nunca miráis al cielo?

»Está ahí, encima vuestro, testigo de todos vuestros actos, y ni siquiera os dais cuenta de su existencia.

»¿Cuánto tiempo hace que te detuviste a disfrutar del firmamento y te dejaste envolver por él?

»¿Cuánto hace que te paraste a pensar que puedes llegar a ser tan importante para otras personas como lo fue para ti tu mejor maestro?

»Si ellos eran personas normales, humildes, pero inmensamente valiosas para ti, ¿vas a desperdiciar tu existencia sin ser importante para alguien a quien puedas ayudar?

»¿Cómo lo hicieron ellos contigo? Porque ahí está el secreto evidente de cómo puedes actuar tú con ellos.

»Dices que buscas ser feliz. Dime sinceramente, ¿crees que estás poniendo los medios para tratar de encontrar la felicidad? ¿Has conseguido descubrir siquiera dónde se encuentra el mejor 'Yo' que necesitas?

»¿Te interesas por conocer los poderes que se esconden en tu interior?

–¿Te refieres a «poderes ocultos»?

–Ja, ja. –Se rio con fuerza–. No en el sentido que se le da a lo oculto de «alianzas con el mal» o poderes negativos. Me refiero a poderes invisibles o imperceptibles que resultan muy útiles pero no somos conscientes de que tenemos.

–¿Y cuáles son esos poderes? Dime.

–No creas que son muy sofisticados ni se encuentran muy lejos. Simplemente recuerda a tu mejor maestro.

–¿Te refieres otra vez a por qué lo fue?

–No; eso ya lo hablamos. Me refiero a que pienses en lo que él hizo por ti. No quiero que pienses en lo que consiguió, sino en la forma en que lo logró.

–Pero él era mi maestro y yo no soy maestro de nadie.

–¿Realmente crees que solo tienen acceso a esos poderes los maestros?

»¿Crees que se 'es maestro' por tener ese rango, o se consigue porque tus alumnos te consideran así? ¿Qué opinas? ¿A todos tus 'maestros' los considerarías como tales?

–No, a algunos no.

–¿Y por qué no?, si eran oficialmente tus maestros.

–Sí, pero no eran accesibles.

–¿Te das cuenta de lo que estás diciendo?

Me quedé en silencio. La Voz del Silencio me estaba llevando por el camino del descubrimiento. Estaba consiguiendo levantar en mí no solo la curiosidad, sino además el interés. Empezaba a encontrarme confortable. Como abrazado por una sensación especialmente cálida.

–Me parece que vas a tener que seguir orientándome –le dije–. Me temo que tienes razón; últimamente he mirado poco a las estrellas y no debo ser muy experto en estas cosas.

–Es simple. Viaja por tu mente. Trasládate a aquel momento; disfrútalo y observa.

»Recuerda. El primer paso que dio tu maestro contigo ya lo has contado tú antes: se acercó a ti y supo hacerlo sin la prepotencia que da el encontrarse en una posición superior.

»¿Qué hizo después?

–Pues, en vez de echarme un sermón, se interesó por mí.

–¿Eso quiere decir que buscó descubrir cuál era tu perspectiva de las cosas?

–Sí, algo así.

–¿Y cómo lo hizo?

–Pues creo que comenzó contándome alguna historia personal de cuando era de mi edad y de lo que le inquietaba.

–¿Eso que dices es que supo entablar un diálogo?

–Sí. Conversamos. Y no sobre las asignaturas en particular que me preocupaban sino sobre cosas en general.

–¿Y cómo llevó a cabo esa relación?

–Pues me preguntaba cosas y luego las comparaba con las que habían sido sus perspectivas de niño y cómo veía las cosas después, ya de adulto.

»¿Y con eso qué consiguió?

–Pues hacerme sentir que no era muy diferente. Y que si él lo había superado, yo lo podría superar. Pero no me dio una explicación; me creó un sentimiento. Se puso a mi lado y me sirvió de soporte.

–Bueno, veo que vamos avanzando.

»¿Y qué más hizo?

–Pues no tratar de destruir mis pensamientos ni sensaciones sino de reforzarlas y ayudarme a canalizarlas.

–Mmm. Eso está bien. ¿Te resulta interesante todo ese proceso?

–Pues sí. Más que interesante, me resulta apasionante.

–¿Te parecen tan «misteriosos y ocultos estos poderes»? ¿Te consideras capaz de hacerlo con alguien?

–Supongo que debería ir con cuidado, pero lo podría conseguir. Necesitaría práctica.

–¿Y te haría sentir bien?

–Creo que sí.

–¿Y qué más crees que es la felicidad?

Y, como siempre, así quedó todo.

LAS TRES ASPAS

En que me descubre las dos palas subacuáticas y subliminales de la hélice de la persuasión

Los cristales dejaban caer gotas de agua que resbalaban como si compitieran entre ellas. Algunas ralentizaban su velocidad, hasta que, cuando parecían ya inmóviles, alcanzaban a otras y se unían a ellas emprendiendo una veloz carrera hasta el bajo de la ventana, donde chocaban.

Aquel era un juego entretenido con el que había pasado muchas horas de chiquillo. Mentalmente hacía apuestas sobre cuál era la gota de agua que iba a llegar la primera. Y me emocionaba, no tanto cuando era esa la ganadora, sino cuando, repentinamente, otra que parecía descartada tomaba un especial volumen y se adelantaba a las demás.

Aquello me invitaba a viajar, o mejor dicho, a que mis pensamientos vagaran por el espacio, sin rumbo; simplemente dejándose llevar y encontrando respuestas a algunas preguntas que instintivamente surgían.

Eso mismo, o algo similar, estaba sucediendo aquella noche. La atmósfera era oscura y cerrada. Ya la gran mayoría de las luces de todas las viviendas circundantes se encontraban apagadas y sus habitantes entregados al sueño.

Aquella Voz del Silencio me había hecho descubrir el método que había empleado conmigo en aquellos años adolescentes para hacerme llegar a mi objetivo de conseguir la seguridad que necesitaba para continuar avanzando. Era mi afirmación lo que buscaba sin saberlo. Mi maestro me había permitido resolverlo.

Pero otra pregunta rondaba mi cabeza en estos momentos: ¿por qué había permitido a aquel maestro acercarse a mí? ¿Y por qué el resultado alcanzado me había resultado tan valioso y atractivo?

No encontraba demasiadas respuestas, pero en mi interior tenía la seguridad de que las encontraría.

Fue entonces cuando La Voz del Silencio se me apareció.

–¿Acaso buscas y no encuentras?

–Sí –respondí con sinceridad.

–No hay respuestas cuando las preguntas no son las correctas. ¿Qué buscas?

»Te estabas preguntando qué sensación generó en ti el que fue tu mejor maestro en aquellos momentos difíciles. Respóndeme: ¿por qué le abriste tu mente?

–Porque me dio confianza.

–¿Te has escuchado?

–Sí.

–¿Y por qué sentiste que podías confiar en él?

–Porque me pareció sincero y que las conversaciones entre nosotros iban a ser tratadas con respeto.

–Amigo mío: eso que estás diciendo no es poco ni es fácil. ¿Lo sabes, verdad?

–Sí.

–Pues ahí tienes una de las primeras claves.

»Ahora respóndete a otra pregunta: ¿valoras lo que hizo contigo por el hecho de que te ayudara a probar lo que te parecía inaccesible?

–No. No solo por eso. Es que, además, me sentí orgulloso de haberlo logrado.

–¿Y en qué se diferenció aquello de los logros que habías conseguido en otras ocasiones?

–Pues en que me sentía especialmente orgulloso. Fue el hecho de conseguir algo que compensaba el mucho esfuerzo que había empleado.

–¿Y cómo llamarías a eso?

–Sensación de éxito.

–Querido, tú mismo te has respondido. Repasa lo que hemos conversado. Tu mejor maestro lo fue, no solo porque te ayudara a encontrar y expresar aquello a lo que aspirabas, sino porque además supo darte confianza y despertó en ti el orgullo y la sensación de éxito.

»Recuerda siempre que estos dos factores, confianza y sensación de éxito, son elementos subliminales, invisibles, que inciden en la valoración de las personas tanto o más que el propio resultado en sí. Quiero decir que podrías haber logrado ese mismo resultado sin que ni la confianza ni la sensación de éxito hubieran anidado en ti, y entonces, como en otras ocasiones, aquel maestro no hubiera sido el mejor para ti.

»Saca conclusiones por ti mismo; si quieres crear valor en las personas deberás aprender a manejar las tres aspas de la hélice.

Así descubrí que detrás de las simples gotas de aquellos cristales por los que había viajado en mi niñez se encontraban muchas enseñanzas dispuestas a mostrarse simplemente con dedicarles atención.

–Lo sencillo a veces es el disfraz de la sabiduría –me dijo Gutantost–. Nunca lo dejes pasar en balde.

DOS INTELIGENCIAS

En que reflexiono sobre las curvas de las inteligencias complementarias

Tardé, pero al fin me di cuenta de lo que aquella Voz del Silencio quería trasmitirme.

Gutantost procuraba evitar siempre los mensajes directos y rotundos; era demasiado sofisticado para eso. Él insinuaba, lanzaba destellos e inspiraba, pero siempre procuraba evitar hacer indicaciones o cursar órdenes.

Tenía la sensación de estar ante el mejor jefe; lo que es mucho más que ser el más sabio.

–Lo que suena a impositivo –decía– provoca cierto rechazo interior, pues envía el mensaje subliminal de que uno es quien sabe de eso y el otro quien debe seguir las indicaciones que le son sugeridas.

Gutantost prefería que fuera yo, o su interlocutor, quien descubriera y se responsabilizara de sus decisiones.

En eso el método que utilizaba era muy similar al que mi mejor maestro empleó conmigo. También él me alumbraba pero dejándome claro que yo era el único propietario de mis decisiones y de sus consecuencias.

El contenido del saber, tal y como actuaban, no era lo más importante ni su mayor herramienta. Su rastro dejaba claro que lo realmente clave era el método por el que se llegaba al descubrimiento.

Siguiendo el hilo de aquella reflexión se me ocurrió seguir los pasos de una persona desde su nacimiento hasta su madurez.

El bebé al nacer no tiene conocimiento alguno. Solo sabe hacer cucamonas o emitir llantos, que son comportamientos, pero su sabiduría racional es mínima.

Desde la niñez y la juventud se le adiestra en aprender conocimientos. Ansiamos construir personas capaces de aglutinar un gran saber y por eso la parte más sustancial del modelo educativo se centra en los contenidos, que cada vez son más complejos y sofisticados.

Es como si deseáramos crear «gente con grandes cabezas». Y esa cualificación es la que determina su valor.

En su primer contrato de trabajo, los puestos mejor remunerados se asignan a personas con los mejores conocimientos. Y durante un tiempo continuarán almacenando más enseñanzas. Su conocimiento seguirá creciendo exponencialmente, en gran parte a través de la especialización. Su ritmo será frenético.

Seguirán acumulando saber durante sus siguientes etapas profesionales de maduración, hasta que llegue un momento en el que la curva de crecimiento del ritmo de incorporación masiva de conocimientos se reduzca.

Y cuando esa persona llegue más adelante a puestos de responsabilidad y tenga que tomar decisiones en equipos, nos daremos cuenta de que la eficacia no será capaz de conseguirla con sus conocimientos, pues sus colaboradores dispondrán de muchos de ellos o estos serán fáciles de adquirir, sino por su capacidad para liderar personas.

Es entonces cuando echaremos de menos las capacidades intangibles; aquellas que enseñan a manejar el proceso, no el contenido, pues es con los procesos con lo que seremos capaces de movilizar, o no, a las personas y maximizar, o no, el rendimiento de los equipos.

Aquel bebé, al nacer no disponía de conocimientos, pero sabía manejar mediante comportamientos el proceso eficazmente; y con herramientas tan simples como gemidos, lloros o sonrisas, conseguir que otras personas colmaran sus propósitos.

Aquel «saber del método», que me gusta llamar «inteligencia relacional», no fue sin embargo aumentando durante los siguientes años de vida. La curva del aprendizaje relacional no forma parte del sistema educativo. Y al cabo de años de vida, ese déficit se convierte en nuestra mayor dificultad.

Así descubrí lo que a mi entender son «dos cerebros» independientes y no necesariamente conexos: el del saber y el de relacionarse. La falta de conexión a la que me refiero está vinculada al hecho constatado de que no siempre una alta cualificación en el saber garantiza un nivel similar en el otro, y viceversa.

Gutanstost era un habilísimo maestro en el arte de ejercer su influencia mediante la gestión de aquella inteligencia relacional; pero es que mi mejor maestro también lo había sido conmigo por esa misma razón. Así fue como se granjeó mi confianza y supo construir mi sensación de éxito.

COMUNICANDO

En que encuentro las claves del poder comunicador

—Qué callado has estado. ¿Te ha pasado algo?

–No, nada especialmente importante. Solo he estado repasando los modos que tuvo mi mejor maestro de actuar conmigo; y por supuesto los tuyos.

–Bueno; no habrá sido mala dedicación el recordar tus días con aquel maestro. ¿De verdad consideras que se nos puede encontrar parecido en algo?

–Qué escurridizo eres. Por supuesto que en lo sustancial sois similares. Tú lo sabes mejor que yo.

Su sonrisa confirmó mis pensamientos.

–Bueno, lo aceptaré. ¿En qué consideras que consisten esas similitudes?

–¿Me equivoco si te digo que ambos sabéis usar vuestra capacidad de influencia con la mayor eficacia?

–¿Debo tomar eso como un elogio?

–Lo es. Y te agradezco que me hayas sabido filtrar, con tu elegancia y maestría habituales, las claves de vuestras habilidades. Si no hubiera sido por tus insinuaciones jamás habría podido descubrirlas.

–¿Y cuáles son esos aspectos que tanto valoras en nosotros? ¿A qué conclusiones has llegado?

–¿Serás sincero si te las digo?

–¿A qué te refieres?

–A que, si mis conclusiones no son correctas, me las corregirás. Y que si van en el buen sentido, me ayudarás a profundizar en ellas y me orientarás para que descubra más matices.

–Creo que, o me sobrevaloras a mí, o te infravaloras tú. Pero si ese es tu deseo... –y dejó todo en el aire.

–Bien. Me he dado cuenta de que ni aquel maestro ni tú dais instrucciones u órdenes nunca. Preferís sugerir líneas de conversación. ¿Por qué consideráis que de ese modo ganáis influencia?

–Eso tiene mucho que ver con el ombligo de las personas.

–¿Con el ombligo? –repetí extrañado.

–¿No te has dado cuenta de que las personas son devotas de su propio ombligo?

Me quedé tan atónito como boquiabierto. Y mi silencio le hizo proseguir.

–En el ombligo se encuentra el ego de las personas. Y es con su ego con quien consultan sus acciones y decisiones. Todo lo que satisface a su ego les parece correcto; y lo que no le hace feliz, lo repudian.

»Es por tanto con su ego con quien debes hablar, y a quien debes dirigirte para hacer crecer tu influencia.

–¿A qué te refieres con eso?

–Pues a que cuando su ombligo habla es como si hablara la divinidad a la que rinden el mayor culto. En el ombligo residen los intereses más ocultos de las personas y saber averiguarlos es esencial.

–¿Y cómo conseguirlo?

–Aprendiendo a comunicarte.

–¿Te refieres a la facilidad de expresión?

–Esa es una parte importante, pero no la más sustancial.

»Cuando tú te expresas, estás tratando de convencer y ¿cómo crees que se sentirá el ombligo del otro ante el tuyo?

–Pues, no sé. ¿Incómodo?

–Y, hasta más que eso; derrotado incluso.

»¿Cómo crees que será más proclive a hablar y contarte sus aspiraciones: cuando se siente presionado o cuando se le facilita que exponga lo que siente?

–Pues claramente si le dejas que hable. Siguiendo tu teoría, cuanto más hable su ombligo, más feliz y expansivo se sentirá. ¿Es así?

–Así es.

–¿Y cómo puedes conseguir que se explaye?

–Pues mostrando interés por sus palabras.

–¿Y cómo le muestras el mayor interés hacia él con el lenguaje?

–Pues buscando cercanía.

–¿Y cómo consigues mayor proximidad: cuando expones o cuando preguntas?

–Indudablemente cuando preguntas.

–Cierto; la pregunta es casi como una adoración de su ombligo. Pero cuidado con el modo de preguntar. Hay formas inquisitivas de hacerlo; por ejemplo, cuando usas el ¿por qué...? le fiscalizas; parece como si le estuvieras sometiendo a juicio. Sin embargo, usar el ¿qué...?, ¿cuál...?, ¿cómo...? es un modo de mostrar interés por él. No lo olvides.

–No lo olvidaré.

–Y tampoco olvides que las palabras no son asépticas, ni por su fondo ni por su vestimenta.

–¿Vestimenta?

–Sí, vestimenta. Las palabras van envueltas siempre por un volumen, por un tono, por una sofisticación de matices, por un tempo y por un ritmo.

–Nunca había pensado en tantos detalles, sinceramente.

–Es por eso por lo que no hay demasiados buenos conversadores ni comunicadores. Porque alguien brillante en esto ha de tener conocimientos y además haber cuidado sus habilidades relacionales.

Como no podía ser de otro modo, todo aquello me dejó pensativo y algo perplejo. Me abrigué con un manto de silencio para poder reflexionar.

Guntestost era un pozo de sabiduría oculta tras Voz del Silencio.

–Quiero que me enseñes más –le dije curioso.

Pero inmediatamente me di cuenta de mi error, al haberme dejado arrastrar por mi voracidad. La Voz del Silencio nunca acepta ser maestro ni sentirse presionado.

Y así todo quedó mudo e inerte.

Solo apareció la fría y molesta luz blanca en medio de aquella gran soledad. No supe entender ni el sentido de su existencia ni el mensaje que me quería enviar.

ROMANCEANDO

En que una armónica acaricia mis oídos

Me fijé en aquella guitarra que se posaba sobre una de las estanterías, y a su lado aquella armónica de alegre o melancólico sonido, según fuera el caso.

Nos miramos y fue como un guiño.

Recuerdos de días pasados, cuando la mayor y mejor diversión era la de reunirnos con amigos en alguna casa, o incluso en un parque, o hasta en una excursión de montaña, y entre bromas y veras aprender música tradicional, que tantas palabras sabias guarda.

En el tiempo de confinamiento y aislamiento como el que estaba viviendo lo que más echaba de menos era ese contacto sencillo y directo de compartir momentos con personas.

Y recordé aquel, que tantas veces cantábamos, «Romance del Prisionero», que desde el siglo XV se ha conservado hasta nuestros días. De sus estrofas, algunas tomaban especial significado ahora:

«Sí, por mayo, era por mayo
cuando hace más calor...
cuando los trigos encañan
y están los campos en flor...

...Pero yo triste y cuidado
me veo en esta prisión
que no sé cuándo es de día
ni cuando las noches son...».

Gracias a Dios nuestras privaciones no eran como las de aquel desdichado. Pero compartía la sensación de que la naturaleza brota, en su primavera, al margen de mí y del disfrute del que en otras ocasiones había gozado.

Y sufría también un cierto sentimiento de despiste, al no saber fecha, ni día de la semana, y tener un sentido anecdótico sobre la hora del día o la noche.

«...si no fuera un avecilla,
que me cantaba al albor...».

Todas las mañanas de esa boyante primavera el extraño silencio de la ciudad se veía roto por el cantar alegre y despreocupado de los pájaros que anidaban en los jardines de enfrente. Allí donde hacía muchos años había alegres y confiadas golondrinas, entonces casi desaparecidas por no sabía qué razón, aunque sospechaba que era debido a la presencia humana.

Aquel prisionero anhelaba su libertad y a ella le cantaba, sin duda deseoso de compartir la compañía de amigos.

Ese día era diferente en las formas y casi igual en el fondo.

Los mensajes llegaban en avalancha a través de medios tecnológicos, útiles por supuesto. Pero me parecían cada vez más una invasión de sinsentidos y manipulaciones interesadas.

No me satisfacían porque me dolía esa la falta de relación directa y de palabras; de esos sonidos amigos que invitan a compartir, a demostrarse cariño y afecto; a hacerles llegar tu estado y sentir. Sí, me faltaba la persona; me parecía algo insustituible en una relación.

Echaba en falta a ese amigo sincero que a mi lado y acompañado de su guitarra rasgaba los acordes mientras compartíamos a varias voces las canciones aprendidas muchos años atrás.

No añoraba los lujos, ni los grandes convites, ni las grandes reuniones; echaba de menos los paseos montañeros con íntimos amigos que, como yo, iban cargados con sencillas mochilas rellenas de ilusión por compartir el gozo sencillo de pasear por las montañas.

Echaba de menos las zumbas y las campanos del ganado, corriendo libre por los puertos. El agua fresca de ese arroyo cantarín que entonaba su presencia. Echaba de menos ese pedazo de pan y chorizo con queso compartido sentados sobre una roca.

Echaba de menos ese preguntar al otro: «¿cómo vas?», y su respuesta expresada entre bromas y sinceridad.

Echaba de menos ese mirar la luna, con su anciana cargada con un coloño, dibujada en su esplendor. Los cantos de los grillos y la luminosidad de las luciérnagas.

Echaba de menos las anécdotas junto a la chimenea. Y aquellas cuidadosas hogueras que encendíamos en mi juventud.

Echaba de menos ese pedir ayuda, teniendo la seguridad de que el amigo está allí a tu lado. Y esas conversaciones íntimas, sinceras, sin dobleces, envidias ni intereses.

Echaba de menos la vida fuera de esta jaula de superfluidades innecesarias y vanidades, que realmente conforman tu mayor prisión.

Echaba de menos ser protagonista de mis hechos, responsable de ellos y constructor de mi vida, sin verme sometido a normas y reglas reguladoras. Y lo echaba de menos porque lo tuve, lo viví y, sin saber cómo lo había perdido con esa avalancha de «libertad» artificiosa. Porque yo era hijo de otro referente más simple y natural.

Quería que mis hijos gozaran de estar juntos, que les apeteciera compartir, y que enseñasen a mis nietos a disfrutar de colaborar y a juntarse sin necesidad de excusas, simplemente porque les gustara. Sin necesidad de regalos, ni celebraciones. Aprovechando el ingenio de cada uno para reír y crear un entrañable ambiente.

Quería esa simple sinceridad de palabras, ni interpretadas ni emitidas con los dobleces que carcomen el sagrado y valioso rito de la generosidad entre quienes se quieren sin obligación sino por deseo.

Sí, aquel «Romance del Prisionero» guardaba muchos sentimientos similares a los que yo guardaba durante ese aislamiento dorado.

Y temía que aquella avecilla que me recordaba la libertad se la tratara de apropiar alguien tras excusas de protección. Porque no sé qué tiene algo tan natural como la libertad para que todos los políticos quieran apropiarse de ella..

«...matómela un ballestero,
dele Dios mal galardón...».

Y un rítmico «bip, bip, bip surgió acompañando a aquellos melodiosos sones de medieval origen.

GENEROSIDAD

En que aparece una cálida fuente de energía en medio de la frialdad del caos

Las sirenas no dejaban de sonar. Unas se acercaban y otras se alejaban. Los hospitales seguían abarrotados y los equipos sanitarios luchaban mucho más allá de su obligación.

El aislamiento escondía y reducía la energía visible de las personas y las organizaciones, pero no la aniquilaba. Esta simplemente se aletarga, pero seguía estando disponible.

El confinamiento hacía valorar y ansiar la actividad. El estatismo obligatorio no era más que un formato, pero el fondo de las personas continuaba vigente y dispuesto a resurgir.

Ese día necesitaba que la Voz del Silencio me hablara. Necesitaba su guía. Me encontraba algo anodino y mi mente le pedía que acudiera. Estaba desorientado.

Pero su voz no llegó. Era como si no tolerara ver en mí sentimiento alguno de debilidad. No aceptaba la dependencia y se escondía. Pero, sin embargo, estaba seguro de que no andaba muy lejos.

El confinamiento, inteligentemente gestionado podía, a través de la reflexión, convertir en valor el sacrificio y la soledad. Pero para eso necesitaba tener la sensación de estar contribuyendo a una buena causa.

Cuando introspectivamente uno se identifica con algo por lo que merece la pena luchar, el deseo energético se mantiene activo y presto a salir con la mayor fuerza de arrastre. Es como un borbotón de lava dispuesto a activarse canalizado por la mejora colectiva.

La energía así contenida se puede convertir en una explosión o en una impulsión. Con el primer efecto puede arrasar con todo al salir despedida sin control en todas las direcciones posibles. Y nadie garantiza que salte hacia el lugar menos conveniente.

La misma energía, orientada, que no conducida, puede ser una fuente inmensa de riqueza.

La diferencia entre una y otra estriba simplemente en una sensación: en el sentimiento de que la aportación que se pide vale, o no, la pena. Tanto los sanitarios, como la Policía y el Ejército, se sentían responsables del alivio de aquellos miles y miles de personas que gemían y sufrían requiriendo ayuda.

La conducción positiva es la base de la transformación de la sociedad. Y es la que dirige, con ese talento subliminal, un líder cuyo sentido es el logro del éxito y la sensación de fuerza social.

La explosión es el despilfarro que genera un vulgar mandatario.

En el primer caso, las personas perciben a alguien que se encuentra al servicio de la sociedad; en el segundo, a alguien que quiere a la sociedad sometida para satisfacer su miserable autoestima.

La energía no es solo conocimiento sino sentimiento. Y el combustible activador no está tanto en el conocimiento como en el factor intangible.

Por eso manejar esa energía no está al alcance de cualquiera, sino de algunos, muy pocos, valerosos y escogidos. Estamos hablando del «Liderazgo» con mayúsculas.

El orgullo de pertenencia es como una droga que penetra en el ser y desata la generosidad; un bien invisible pero que, sin embargo, existe. Simplemente hay que mirar al firmamento y ahí está, vagando por el mundo de los sueños.

Las fuerzas sociales activas que luchaban contra la pandemia eran una clara muestra de ello.

La vida de la energía es otra vida. Una vida que solo la fe y la confianza consiguen poner en marcha.

La grandeza de una sociedad no está en su tamaño, ni en el poder de sus dirigentes, sino en la fuerza de sus convicciones y el entusiasmo que es capaz de desarrollar.

El cambio y la superación de dificultades, cuanto más se necesita más debe emerger desde la base social.

Solo los líderes maduros, que no los mandamases, son capaces no solo de entender, sino de tener interiorizado, que su misión es abonar los terrenos para que las personas puedan activarse. Ahí está la fuerza para la movilización de los pueblos.

Solo líderes con grandeza de miras son capaces de hacer que emerja el potencial de su sociedad.

Lo sutil es poco comprendido en este mundo tan frontal, práctico y racional. Se nos ha despegado, pero no se ha evaporado. Por eso está al alcance de unos pocos.

El orgullo de entregarse y dar está fuertemente asentado en el Ser y empuja a la actividad; crea adrenalina y hace que se destile una energía admirable e impensable.

El orgullo de pertenencia es la energía que construye un equipo. Es el pegamento que aúna a las personas en torno a lo importante y las distancia de las energías perdidas en lo banal.

La generosidad es el ansiado oasis que te encuentras en el desierto. La suma de muchos pocos desarrolla el Todo, y este revierte en hacer crecer a muchos más pequeños.

Aquella generosidad era lo único que te daba confianza cuando te situaban en una camilla bajo los intensos focos blancos de gélida luz.

NOCTAMBULISMO

En que explica la liberación que para otros significaba nuestro encierro

—**Vuestro encierro es una liberación para otros seres.** –Era la Voz del Silencio que, una vez más, me pillaba por sorpresa. Era un maestro del misterio.

–¿A qué te refieres?

–¿Recuerdas cuando sapos, grillos, luciérnagas, ranas o lagartijas poblaban los campos sobre los que hoy se levantan el asfalto y los edificios de tu barrio?

»Os criasteis juntos.

–Sí, es cierto. Incluso mariquitas, libélulas, saltamontes, cigarras, hormigas, y un sinfín de animalejos que teníamos habitualmente a la vista.

»Bajo los pinos podíamos a veces ver a las procesionarias en hilera. Una de nuestras aficiones más extendidas era llevar gusanos de seda en unas cajitas, a los que alimentábamos mientras observábamos maravillados las construcciones de los asombrosos capullos que se creaban día a día.

–Todos aquellos pobladores fueron perdiendo terreno. Se vieron masacrados o expulsados de sus territorios por el avance de la «civilización» humana y sus artificios.

–Bueno, muchas especies hacen eso.

–¿Crees de verdad que hay muchas que lo hagan de forma tan persistente, extensiva e intensiva como lo hacen los humanos?

–Hasta la generación anterior, pues nosotros lo habíamos vivido, los hombres habíamos ido asentando nuestro propio terreno; haciéndolo exclusivo y apartando de él a ciertas especies. Pero se seguía conviviendo. Se dejaban espacios para ellas. Simplemente se las alejaba. Era un avance progresivo que daba tiempo a un reasentamiento.

»Ahora, y por primera vez en la historia de la humanidad, se las aniquila. Las poderosas herramientas de desbroce y construcción, los asfaltados masivos y los tratamientos químicos, tanto de fungicidas, abonos o desinfectantes, han convertido a nuestra especie en un ser 'de otro planeta'. Es como si quisiéramos renunciar a nuestra pertenencia a la naturaleza y crear otro mundo exclusivo de asepsia.

»Y ahora, este simple, aunque demoledor, virus, nos ha enfrentado con nuestra insolencia.

La noche era cerrada. Estaba una vez más asomado a mi ventana en esas horas brujas en las que la actividad se detenía. Y entre las chimeneas, tejados y terrazas empecé a notar movimientos sigilosos; siempre precavidos, primero más desconfiados, y posteriormente más abiertos, aunque mostrándose siempre alerta.

Un gato asomó la cabeza tras una de las troneras del tejado próximo. Más allá, otro negro se deslizó por la pendiente de tejas con una habilidad envidiable.

Saltó de un edificio al siguiente y allí, con las orejas levantadas, escuchó los sonidos de posibles presas.

Uno llegó hasta el jardín y se quedó en posición de acecho.

Era la danza de la noche de unos seres, los felinos, que aún conservaban su ser indómito a pesar de vivir entre los de nuestra especie.

La madrugada se acercaba; eran ya pasadas las cinco de la mañana cuando los pájaros comenzaron a cantar en sus nidos. Alguno de ellos, despistado, calló con un grito bajo las garras felinas que aguardaban su descuido.

Y eché de menos aquellas golondrinas que revoloteaban alegres y juguetonas, simbolizando paz y libertad, atendiendo a sus crías, que aguardaban en nidos construidos con paciencia y habilidad en las tejavanas.

Quedaba poco de lo que había podido contemplar de crío, sin dar importancia a lo que tenía en el olvido hasta que esos días, anormales en lo cotidiano, me acercaron de nuevo su recuerdo. ¿Cómo explicarles a mis nietos, sin parecer loco, que un día aquello era campo y tenía vida?

Tenía razón la Voz del Silencio. Nuestro encierro estaba significando una liberación para otras especies. «Que disfruten de ese tiempo porque no ha de ser muy largo».

INTENSIDAD

En que me explica que existen ejercicios que permiten desarrollar habilidades para manejar el tiempo

—Cuéntame, ¿cómo se siente un hijo de las prisas después de tantos días de paralización?

—Pues, sinceramente debo decirte que algo desconcertado.

—¿Demasiado tiempo fuera de tu medio, quizá?

—Sí, demasiado, me parece.

—Respóndeme a una pregunta: ¿quién piensas que domina a quién después de tantos días: el tiempo a ti o tú al tiempo?

—No es fácil dominarlo.

—¿Eso quiere decir que eres tú el dominado?

—Más bien. Evidentemente, soy capaz de pasar las horas, incluso de realizar muchas actividades, pero no puedo evitar sentirme desasosegado.

—Sí, el tiempo... Esa es precisamente la sensación que crea cuando se convierte en el dueño...

—Por eso digo que no me siento dueño de mi estado.

—Es que la pandemia te ha obligado a actuar contra tu naturaleza, contra tu forma adquirida de ser. Los años te han hecho olvidarte de tu niñez y te han adiestrado y entregado a la velocidad, a hacer muchas cosas, a correr por la superficie sin adentrarte en la profundidad. La riqueza del subsuelo no parece interesar. Y, sin embargo, el petróleo se encuentra allí.

»¿Te has olvidado de los artesanos a los que conociste?

»¿No recuerdas sus ritos y ritmos, el interés que ponían en hacer las cosas bien?

»Cuando realizaban cualquier actividad pensaban más en la duración y la calidad que en la cantidad.

»Piensa en las obras de arte que más valoras. Recorre algunos de los museos más famosos del mundo que hayas visitado.

Pensé en El Prado, el Louvre, el de Ciencias Naturales de Londres, algunas de las catedrales, monasterios e iglesias más notables.

–¿Recuerdas el «Libro de Wells» que se encuentra en la biblioteca del Trinity College de Dublín?

–Por supuesto. ¿Cómo olvidar un ejemplar de esa calidad?

–¿Te has imaginado a su autor, o autores, trabajando en su confección?

»¿Te imaginas que podrían haber realizado algo así de haber estado pensando en acabar lo antes posible en vez de en lograr la perfección?

–No.

–¿Qué sería de nuestros grandes museos y sus obras de arte si estas se hubieran acometido con la mirada puesta simplemente en la productividad en vez de al arte o a la calidad?

»¿No te das cuenta de que gran parte de la riqueza de la humanidad, transferida generación tras generación, se ha acumulado mediante el trabajo y la dedicación de personas cuya única voluntad era la perfección?

–Tienes toda la razón.

–Aprende a trabajar y a desarrollar la profundidad, amigo. Si tu mente se hace consciente de que trabaja por conseguir la mayor calidad, el tiempo comenzará a estar a tu servicio en vez de ser tú su esclavo.

»Ejercítate en actividades que, buenas o malas, solo pueden realizarse con dedicación y calma. Porque eso absorbe el tiempo y lo convierte en tu dominio.

–¿Y qué me sugieres?

–Practica la pintura y la caligrafía. Son actividades que requieren paciencia. No importa que las hagas perfectamente; basta con que pongas en ellas todo tu interés.

»Encontrarás un mundo nuevo. Incluso encontrarás mucho más de ti de lo que tú crees.

Esa madrugada mi estilográfica comenzó a rellenar con paciencia las páginas en blanco de un escogido papel para crear unas palabras con esmerados trazos caligráficos.

Había que cuidar las distancias entre líneas; milimetrar la separación entre letras; crear y cuidar la calidad de la tinta y lograr un trazo de la misma intensidad. Incluso entremezclar colores o hacer algún dibujo geométrico con el que envolver la primera letra de la primera palabra de cada capítulo. O crear dibujos con imágenes referidas al asunto que se trata. Y, por supuesto, elegir la combinación de grosor en cada uno de los trazos.

Cada detalle debía ser minuciosamente tratado, y cada contenido, sin falta alguna de ortografía, debía estar a la altura, en valor, de la delicada obra que pretendían realizar.

Quizá ninguno de aquellos antiguos artesanos en aquel momento tuvo conciencia de estar creando una obra de arte que se conservaría y sería admirada por miles, tal vez millones, de ojos que a lo largo de los años se detendrían a disfrutar de aquel trabajo tan perfecto.

Así comprendí el esfuerzo, la perseverancia y destreza artística de aquellos monjes que, entregados al silencio y la oración, descubrieron un don especial escondido en su Ser más profundo.

El silencio más absoluto les permitía apreciar el sonido de sus plumillas, por ellos construidas, sobre el pergamino, también creado por ellos.

Nunca pensé que las horas de dedicación pudieran resultar tan interesantes y ensoñadoras. Así comencé a descubrir que la calidad no está tanto en la actividad como en la intensidad de la misma.

TRANSFORMACIÓN

En que descubre los poderes que esconde el cerebro

—Solo hay algo capaz de convertir prisión en libertad, y eso es un «algo» misterioso que existe en tu cerebro.

»Si tu cerebro se convence de que es libre, incluso la prisión más recia puede convertirlo en maravillosa libertad, pues es en él donde se encuentra el mensaje. ¿Qué opinas?

–Pues, después de estos días de encierro, creo que tienes razón.

–Si esto que dices es así, ha de ser también que coexisten tres mundos diferentes.

–¿A cuáles te refieres?

–Pues el primero a lo que, en este caso del que hablamos, sería el hecho objetivo; o sea, la situación de encierro y, de alguna forma, prisión.

–Correcto.

–El segundo sería el que nuestro cerebro, como transformador, decidiera adoptar. De tal forma que si su decisión fuera la de encontrarnos de viaje por hermosos parajes, ese sería el mundo que percibiríamos.

–Probablemente hay muchas formas de explicarlo, y esa podría ser una de ellas.

»Y ¿cuál es el tercero?

–Pues, recapitulemos esquemáticamente: si hay una realidad y otro mundo de fantasía que se construye en nuestro cerebro, debe de haber necesariamente un tercero, que puede ser el albur o la voluntad, que sea quien le ordene esa transformación para que modifique nuestra percepción de la realidad convirtiéndola en otra más deseable y ansiada.

Me quedé pensando.

–¿Es así cómo ves las cosas? –prosiguió la Voz del Silencio–. Porque si así es como te las explicas, así es como las usarás.

–No acabo de entenderte.

–Pues que si consideras que lo que llamas voluntad es quien tiene la potestad de ordenar el cerebro para modificar la realidad, ya sabes lo que puedes y sabes hacer si quieres convertir la angustia de un encierro en ansiosa libertad.

–¿Qué?

–Pues conciénciate y conviértete en voluntad. Da la orden que más te plazca o convenga. De ese modo, el poder estará en ti. Será tu «Yo elegido» quien domine la situación y llegue a transformar la penuria en libertad.

–¿Me dices que sea ese tercer mundo personal quien actúe como dueño y señor para transformar mi realidad?

–Explícatelo como quieras, mejor entiendas y te convenga. No voy a entrar en esa discusión. Solo te digo que lo pongas en marcha si es lo que más te conviene para sentirte más feliz. Porque ese es tu mundo más indomable y el que nadie podrá jamás asaltar.

Llegado a ese estado de cosas tomé la firme decisión de convertir el recinto de mi hogar, en que me veía enclaustrado, en un viaje que, como plena demostración de libertad, deseaba emprender.

¿Qué sucedería y qué me impediría convertir cada una de las habitaciones y lugares por los que paseaba en un itinerario que podía arrancar donde quisiera y llevarme hasta donde me apeteciera?

Cerré los ojos y allí, sentado en mi confortable butacón, me dejé llevar.

Saldría desde aquella humilde desviación que brota en Frómista, en plena Castilla palentina, y me dirigiría hacia Riaño, junto al famoso pantano de tan especial recuerdo para mí, pasando antes por Guardo.

Con un mapa en mis manos fui recorriendo tranquila y placenteramente aquellos lugares que ya en otros momentos había transitado. Pequeños núcleos de población con recios nombres castellanos.

Muchos, con origen en tiempos de la Reconquista, salpicaban aquel recorrido que se me hacía entrañable, pues la primavera brotaba con fuerza viva y los campos de cereales verdeaban, haciendo muecas cuando eran besados por un suave viento.

Decidí que en aquel hermoso día mi moto sería el medio de transporte ideal. Su sensación de libertad es incomparable.

Viajaría sin prisa. Ese día llegaría a Riaño y una vez allí, o bien antes o bien después, según me apeteciera, decidiría alojarme en un lugar sencillo y agradable. Una vez tomada mi habitación, daría un largo paseo para admirar aquellos bellos paisajes, estirar las piernas y disfrutar de mi libertad.

Y fue en ese modo como mi «aquel yo» tomó protagonismo, resultándome muy útil para conseguir que la felicidad empezara a envolverme.

Aquellos pensamientos me evadieron de la incómoda visión de aquellas persistentes y frías luces blancas que siempre se empeñaban en acompañarme. Todo se transformó en paisajes, murmullo de riachuelos y sonidos de pájaros disfrutando de una naturaleza en ebullición. Y al fondo aquellas singulares montañas hasta las que ascendería por la serpenteante y divertida ruta.

PREDISPOSICIÓN

En que te enfrenta con la necesidad de negociar contigo mismo para conseguir que tu cerebro te enfoque el destino

Había pasado mala noche. Sin razón aparente me encontraba intranquilo. Quizá una mala posición me había sobrecargado las cervicales y me dolía la cabeza.

Por primera vez en todo aquel largo tiempo sentí que tan limitada actividad física me agobiaba; comenzaba a rebelarme contra aquella coraza.

Debió verme cansado y desconcertado porque, sin indicación previa, la Voz empezó a hablarme:

–La vida pasa imparable. Te guste o no, avanza inexorablemente. La vida construye una realidad, pero al transformase en tu vida, atraviesa la barrera de tu interpretación. Y de ahí sale una huella, la marca que te deja.

»Puedes actuar de dos modos respecto a ella: bien a través de la construcción que de ella misma realices, o bien de la interpretación de los hechos y de tus relaciones, que viene a significar, más o menos, «sentirte dueño de ti mismo».

Aquel mensaje despertó mi curiosidad.

–¿Realmente puedes ser dueño de ti?

–La aventura más emocionante está en intentarlo más que en conseguirlo.

–¿Y cuáles son las etapas para acometer ese proceso?

–Ja, ja, ja –rio–; tú siempre directo al grano. ¿Ya no te duele la cabeza?

–Algo menos.

–¿Ves cómo es posible conducir las propias percepciones?

Me mantuve en silencio, pensando. ¿Por qué al verme envuelto en aquella conversación el dolor de cabeza se me había comenzado a disipar?

–Me has hablado del «Tercer Yo» como de otro mundo existente. Pero tengo la sensación de que eso a lo que te referías es el final de un proceso y de que hay algo más.

–Todo empieza y termina ahí. Es un círculo.

»Lo primero es tener 'conciencia de ti' como ser individual e independiente, diferente a todos los demás. Por mucho que los ames, eres otro ser y eso no podrás evitarlo.

»Tú, como todos, eres hijo del silencio. Y es el silencio, y solo el silencio, quien será capaz de permitirte encontrarte y tomar conciencia de tu Ser.

–¿Y eso significa permanecer callado o dejarte abrazar por la soledad?

–El silencio es la cualidad primera necesaria para abrirte a la escucha. Tu «Yo» te habla. Puedes, a través de tu «Yo propietario», hacer que los otros dos «yoes» te hablen. Y escuchar lo que tienen que decirte a ti y decirse entre ellos.

–¿Podré preguntarles?

–A veces habrá conversaciones y otras solo podrás atender a sus observaciones. Cuando están meditando solo emiten pensamientos inspiracionales.

»No pretendas forzarlos porque son más poderosos que tú y saben persistir en sus silencios.

En ese momento recordé las ocasiones en que Gutantost, mi Voz del Silencio, había permanecido callada e impasible. Y que solo hablaba cuando quería hacerlo. Era como si detectara cuándo era el momento propicio o inadecuado.

–Los mensajes de tus «yoes» necesitan, más que preguntas, encontrarse con un clima cálido y confortable. Y nunca olvides que el calor y el color en tu vida lo ponen tus relaciones.

»Tu primera relación es la que empieza contigo mismo. Es de ella de la que obtendrás el color con el que teñirás tu existencia.

»Y recuerda que tú, a través de tu calor, puedes poner color a otros.

–¿Tanta puede llegar a ser mi influencia?

–No te minusvalores ni te descapitalices. Muchos, más de los que tú imaginas e incluso quienes jamás imaginaste, son aquellos en los que influyes y puedes influir.

–Nunca había pensado en eso.

–Pues no pierdas la oportunidad de cultivar y crear capital relacional, porque esa será tu mejor y más rentable inversión.

»Pero para eso tendrás que saber negociar contigo mismo y aprender a adoptar el mejor color de ti mismo. Porque solo quien consigue que su «Yo dueño» tenga el mejor color será capaz de gestionar sus otros dos mundos: el de los hechos objetivos y el transformador.

Pensé en la compleja red de cableado y transacciones que escondemos dentro de nosotros y en las conexiones que podemos crear con los demás.

Aquella soledad silenciosa del confinamiento podía ser una oportunidad para dar el primer paso para localizarme e iniciar la conducción de mí mismo.

Las misteriosas luces se convirtieron en horizonte. Una especie de focos que a pesar de su incómoda intensidad y proximidad conformaban una raya que quería sentir lejana.

EL RECORRIDO

En el que me apropio de mi imaginación para, juntos, iniciar un viaje desde mi prisión

Quise adornar y acompañar aquella actividad viajera que había iniciado por voluntad propia con otra paralela que alimentaría, aún más, mi libertad.

Recordé de mi viaje anterior unos sitios que me parecieron insólitos y otros especialmente atractivos o entrañables, que por unas u otras razones se me quedaron grabados. Aquí un paisaje, allí un nombre con alusiones históricas, en este lado una antigua fonda junto a un recodo de la carretera, ahí una antigua ermita o una magnífica iglesia románica casi desconocida, en el otro lado una casa de labranza de hermoso porte en plena actividad, o un torreón, o un castillo.

Y a mi imaginación se le ocurrió: ¿por qué no plasmar algunas de aquellas imágenes en dibujos y pinturas que dejar recopilados en una especie de cuaderno de viaje donde se entremezclaran con impresiones escritas?

Me gustó aquella idea como expresión de libertad para sentirme, no solo dueño de mi ser, sino para dejar constancia del rumbo de mi imaginación en aquellos tiempos de encierro.

Así fue cómo decidí comenzar aquella aventura.

–Veo que tu estado de ánimo está cambiando –me preguntó la Voz del Silencio.

–¿Se me nota algo?

–Una expresión de interés e ilusión ha aparecido donde antes había abulia y disgusto.

–Creo que tienes razón. Voy a comenzar un viaje.

–Excelente decisión y señal de ánimo. ¿Cuál será tu ruta?

Le expliqué el itinerario que mi mente me había forjado. Y le mostré los artilugios que me harían compañía en aquel viaje: un bloc con papel de pintura de tamaño cuartilla, unas acuarelas y pinceles de viaje, lápices y un detallado mapa de carreteras por donde trazaría el recorrido elegido.

–Te has preparado un buen plan –me dijo–. ¿Dónde piensas alojarte?

–No tengo lugar prefijado.

–¿Y dónde comerás?

–Pues tampoco tengo una idea preconcebida.

–¿Vas al albur, pues?

–Sí. Es así como deseo ir. Necesito sentir la fuerza de la auténtica libertad.

–Me parece muy bien. Eso te ayudará a sentirte dueño de ti mismo. De modo que, ni siquiera obligándote al encierro, nadie puede adueñarse de tu imaginación y voluntad.

Aquellas palabras reforzaron mi seguridad y me resultaron muy reconfortantes en medio de aquel mundo cerrado y lampiño. Me sentía propietario de mí mismo. Nadie podía impedir mis recuerdos.

Mi dedo localizó el punto de partida en el mapa y la punta del lápiz trazó un círculo en torno a aquel nombre sito en el Camino de Santiago.

Frómista. Recordé su imponente colegiata. Cerré los ojos para reforzar aún más mis sentimientos y tracé mi primer dibujo en aquella libreta.

Ese día y a esa hora quedaría constancia de aquel viaje imaginario. El viaje del tercer «Yo», dueño de mi libertad.

Y mi cerebro, algo confuso, recogió la instrucción que le ordenaba y comenzó a sentirse satisfecho.

Acababa de descubrir la existencia de una nueva propiedad en mi Ser. Y aquello me alegraba especialmente.

Era una propiedad por cuyo uso y disfrute no tenía que pagar ningún tipo de impuesto o tasa, y que además se encontraba fuera del alcance, al menos hasta hoy, de las zarpas de unos políticos que, habiéndose adueñado del Estado, además de incapacidad, mostraban su pasión por dominar a los demás. Su ancestral y burdo sentido utilitarista de la persona como mero instrumento los dominaba.

«*Ni la riqueza ni la miseria se encuentran en la apariencia. La forma de mostrarse ha cambiado, no solo en el paisaje urbano, sino además en los rostros y vestimentas de nuestros ciudadanos. Un virus ha venido a transformarlo todo*» escribí en el inicio de aquel bloc de viaje.

Y la aventura comenzó. Así, una vez más, en el silencio de aquellas horas mágicas.

ENSOÑACIÓN

En que me sugiere lanzar mis sueños al viento y dejarlos vagar, adueñándome de ellos

Al intentar abrir los ojos, aquella intensa luz blanca me asaltó, así que los cerré de nuevo y me retiré a mi mundo de paz. Los párpados inferiores me pesaban, agotados.

–¿Qué son los sueños? –le pregunté a aquella Voz.

–El sueño es un estado reparador necesario para el organismo. Un tiempo de reposo y desconexión que tiene vida propia. Es a veces la única brizna de libertad.

–¿Es un tiempo misterioso creador de un mundo de significados desconocidos con los que la «mente» se dibuja y recorre rutas incomprensibles por los confines más insólitos?

Nunca llegaba a saber si aquello que se negaba a responder era porque le resultaba desconocido, porque repudiaba la sensación de sentirse maestro en algo, o porque no deseaba ayudarme a encontrar respuestas que era yo quien debía encontrar.

Tras un silencio, sus palabras tomaron otro rumbo.

–Los sueños conducen tu mente cuando te entregas a ellos –me dijo–. Y un buen sueño, cuando se tiene, es un «energetizante» de alto valor.

–Es cierto; no hay nada como la compañía de un buen sueño para un buen descanso.

–En ese mundo de lo «irreal», uno queda al albur de las sensaciones que le transmite un «algo desconocido».

–¿Por qué es irreal? –pregunté–. ¿Quizá porque no se ajusta a la objetividad que percibimos?

Nuevo silencio. A pesar de conocerlo a veces conseguía sacarme de quicio.

–¿Nunca respondes a nada?

Más silencio desquiciante. Era un silencio que parecía retumbar. Era un corte drástico en nuestra conversación. Un desengancharse despreocupadamente para dejarme solo ante un abismo de incógnitas.

Reconozco que esta vez me enfurruñé, aunque fuera un sinsentido porque nada iba a conseguir con ello.

–¿Has pensado en el poder de los sueños como liberación?

Estuve por pagarle con su misma moneda y ser yo quien permaneciera en silencio, pero me pudo la curiosidad por algo que quizá me resultara útil y al final le respondí.

–¿A qué te refieres?

–¿No has dicho que los sueños positivos son una fuente de energía?

–Sí.

–¿Y que los sueños son un «mundo aparte» que actúa de forma autónoma y descontrolada?

–Sí.

–Y ¿qué te parecería poder controlar tus sueños?

–Mira, esa sería una buena idea.

–¿Y por qué no lo haces?

–¿Se puede?

–Siempre que hablas de sueños te refieres a los que se producen mientras duermes, ¿no es cierto?

–Sí, es que es cuando se producen.

–Bueno, eso es cierto. ¿Crees que los sueños se producen solo en ese estado?

–¿Es que hay otros?

–Si tú quieres y haces que tu «tercer yo» actúe sobre tu cerebro, ¿crees que podrías conseguirlo?

Aquello me situó ante una intensa sombra de dudas. ¿Podría ser capaz de conseguir que ese «otro alguien» que también formaba parte de mí se aliara conmigo para construir sueños positivos y energéticos?

Viéndome perdido, y quizá apiadándose de mí, Gutantost prosiguió:

–¿Acaso sin importar dónde estés o cuál sea la realidad tus sueños no han tomado muchas veces vida propia?

–Sí.

–¿Y por qué no envías tus sueños al viento y los dejas que vaguen por el infinito? ¿No serían entonces tus enviados en vez de ser tú su simple servidor y receptor?

»¿Por qué no entregarte al señorío de unos sueños independientes de ti?

»¿No te parece haber hecho ya demasiadas concesiones a la sumisión?

–¿Podría de ese modo llegar a liberarme de esa molesta luz blanquecina que está empeñada en asediarme?

Ese día decidí poner en marcha una nueva herramienta de mi Ser. Desde entonces mi imaginación quedaría liberada para navegar por cualquier tipo de rincones para explorar todo tipo de mundos y experiencias.

Mi imaginación cabalgaría sobre mi moto, recorrería, aderezándolas con fantasías, transformaría anécdotas traídas desde otros sitios hasta los lugares por los que pasara. Y así diseñaría mi viaje.

Con unos pinceles y unos lápices reflejaría lo que habría de ser una nueva vida de alimento interior frente al encierro obligatorio.

Sería un nuevo ejercicio mental sobre el que apoyar mi desarrollo interior.

Hasta ahora mi combate se había fundado en la realización de diferentes actividades y ejercicios físicos. Ahora concentraría mi atención en el autodominio interior y el alimento de la imaginación por aquellas tierras medievales de libertad.

La ensoñación sería una nueva aventura en mi adiestramiento.

Y recordé aquello que alguien me dijo: «Nunca temas roncar, porque el ronquido es la sirena de una fábrica de sueños. El ronquido es el grito de paz que los humanos lanzan al universo».

«ACAPARACIÓN»

En que me enfrento con la nimiedad de acumular

Recordé que llevaba tiempo alejado de los cristales de mis ventanas y que había olvidado los recuerdos de mi barrio. ¿Había sucedido algo? ¿Era aquella molesta e intensa luz blanca la que me había empujado a otro mundo? ¿La que me retenía sometido en mi mundo interior?

La Voz del Silencio rompió lo que me temía que podía ser un indicio de depresión, animándome con su conversación.

–¿Cuál es el placer de acaparar? Siempre me lo he preguntado. Podría entenderlo de aquellos que, viniendo de periodos de miseria, restricciones, escasez y racionamientos, quisieran protegerse ante otras situaciones similares. Pero ¿por qué «los hijos del Todo» seguís sucumbiendo a una pasión que os somete con su absurdo lazo?

–Es algo natural ¿no? –dije.

–¿Acumular excedentes que probablemente nunca llegaréis a usar?

–El encierro tal vez acentúe y extreme muchos comportamientos. Hay demasiadas cosas a flor de piel.

–¿No te parece una respuesta poco racional y quizá una excusa más que otra cosa?

–La verdad, y si te soy sincero, enfrentarse a esa pregunta no es fácil, y encontrar una respuesta racional menos aún. Pero ¿tiene el miedo explicación?

–No. Y tampoco la desconfianza.

–Pues quizá esta ocasión sea una combinación de ambos y eso lleve a la acumulación de lo innecesario.

–¿Solo en esta ocasión acumuláis?

–No; tienes razón. Hay una parte cultural. La gran bola de nieve que nos arrastra.

–¿Y no es un modo de amortiguar las insatisfacciones y escapar de la vida? ¿Un refugio ante frustraciones que no os atrevéis a afrontar? ¿Quizá un escape ante la triste soledad y en torno al cual se ha organizado toda una influyente industria?

–¿Siempre tienes que agredir mi conciencia?

–No. Es que como siempre presumís de ser una especie racional e inteligente...

»Mírate a ti mismo. No fuiste hijo de la escasez y el racionamiento, pero tampoco de la abundancia ni de lo superfluo. ¿No es cierto?

–Sí; mis primeros recuerdos de niño y adolescente así lo demuestran.

–¿Tenías menos que ahora?

–Ufff. Por supuesto. Quizá una milésima parte.

–¿Y recuerdas haber sido infeliz?

–No. Recuerdo poner mucho cuidado en las cosas. Sabías que lo que tenías tenía que durar. Y algunas cosas incluso pasarlas a tus hermanos, por lo que debías conservarlas en el mejor estado posible.

–Mira entonces tu pasado, lee en él y saca tus conclusiones.

Sin venir a cuento recordé que dos pisos debajo del mío había una familia infectada por el virus y por tanto estrictamente aislada.

Entre algunos vecinos, y de forma espontánea, se había decidido enviarles comida y apoyo. Teníamos información de su evolución y nos manteníamos en contacto con ellos a través de las ventanas del patio. Podíamos darles conversación, interesarnos por ellos y pasarles comida a través de la cuerda corredera de tender la ropa. Ellos preferían eso a la comunicación telemática, porque «así sentimos a la persona», decían. Aunque fuera en la distancia, el calor personal se percibía más.

Y eso me recordó la vida que de niño había entre vecinos. El contacto era mucho más estrecho, desenfadado y cercano.

Y el patio era muchas veces un lugar de conversaciones mientras se atendían las obligaciones de la colada.

El patio tenía algo de dramático para el vértigo porque su estrecha amplitud poseía el atractivo de un tubo cuyo fondo te llamaba como si deseara succionarte.

Espantado por aquel recuerdo fui hacia mi ventanal en busca de un paisaje despejado. Miré el cielo encapotado en el que nubes negruzcas se entremezclaban con otras grises más pálidas.

Acababa de desvestirme del vértigo cuando el cielo se abrió y me atrajo hacia él.

Me sentí absorbido por una fuerza hacia una cueva celeste, sin fondo, que me hacía ascender hacia el firmamento.

Me hizo dar varios giros sobre mí mismo hasta llegar a una gran bóveda donde reinaba la calma.

LA MESETA

En que explica que aspiras a una cima pero llegas a una meseta tras la cual comienza una deslizante caída hacia el abismo

—Nacer, crecer, desarrollarte y morir; así me explicaban en el colegio cómo era la ruta de la vida.

–¿Y tú que piensas? –replicó Gutantost.

Fue muy agradable escuchar su voz, que surgió de entre aquellas hermosas nubes primaverales que con su multitud de tonos grises adornaban el impecable azul del cielo.

–Pues no voy a discutir el legado de nuestros sabios clásicos, pero me parece que la curva de la vida hay que detallarla algo más: decir que naces, creces, te desarrollas, te estabilizas, desciendes y mueres me parece que lo explica mejor.

–No están mal esos matices. Estoy de acuerdo con que probablemente representan mejor el gráfico de la vida.

–Muchas gracias. Viniendo de ti es todo un cumplido.

–¿Y en qué etapa consideras que te encuentras tú en este momento?

–Las etapas no son drásticas, pero si te soy sincero, creo que he llegado a la meseta de la vida.

–¿Y cuál es esa?; porque no la has nombrado como tal entre tus etapas.

–No, es un periodo que abarca varias de ellas.

–¿Cuáles?

–Pues mira, creo que comienza en la parte final del desarrollo, cuando ya has llegado a tu tope. A esa le sigue una etapa de estabilización, durante la cual tu vida se sosiega algo; sigues en activo, pero de una forma más moderada y sin presiones. Comienzas a liberarte de obligaciones y puedes empezar a recoger los frutos de todo lo que has cosechado durante las etapas anteriores.

»Es una etapa en la que, en la medida que avanza, vislumbras un horizonte plano que puede ser muy productivo y positivo, especialmente espiritual e internamente.

–¿Es placentera?

–Con sus altibajos, pero sí lo era.

–¿Lo era?

–Habrá un antes y un después tras el confinamiento por el ataque vírico.

–¿A qué te refieres?

–Creo que el virus ha precipitado las cosas. Las aspiraciones al encuentro de uno mismo crecerán para muchas personas, y muy singularmente para quienes nos encontramos en esa etapa.

–¿En qué sentido?

–Pues creo que se necesitará de nosotros mucha energía, pero más que en forma de actividad, a través de la sensatez, la experiencia, el equilibrio y el temple.

–¿Me estás hablando de factores etéreos?

–Sí, son factores subliminales pero trascendentales porque con ellos es con los que se pueden construir los criterios del nuevo progreso que necesitamos emprender. Con algaradas y movimientos estentóreos no se arregla nada.

–¿Es eso algo más que la madurez?

–Probablemente ese sea un buen resumen, sí.

–¿Y te sientes motivado con esa nueva función?

–Es una gran responsabilidad, pero creo sinceramente que se necesita. Muchas mentes se van a ver atenazadas por la angustia de no encontrar su puesto en el desarrollo. Esa etapa va a estar demasiado en pendiente y ser dura para muchos.

–¿Es un nuevo mundo?

–Sí, un mundo con nuevas sensaciones. La estancia en la meseta debe darte la perspectiva del nivel logrado, de tu legado y del sendero que has dejado para tus hijos; les ves caminar y te entusiasma la llegada de nuevos miembros a la familia que inician su crecimiento. Tienes que sentirte orgulloso y digno de mirarlos a los ojos.

–¿Me estás diciendo que tu meseta se ha trastocado?

–Sí; en ciertos aspectos sí; pero como he dicho, en otros se estimula el valor de tu aportación a la vida de otros. Lástima de tantos que innecesariamente se han visto forzados a, saltándose las etapas que les correspondían, caer de bruces en la muerte.

–¿Hablas de los muertos innecesarios?

–Sí, de ellos especialmente. De las personas a las que no les tocaba llegar al final. Que tenían mucho que ofrecer a los suyos, y a todos.

–¿Se han corrido algo las etapas?

–Creo que de alguna forma sí. Directa o indirectamente, a través de familiares o amigos, muchos hemos visto más de cerca la llegada al precipicio. Sabemos que ha sido un sorteo en el que se ha decidido y seleccionado a unos sí y a otros no.

»Por los que nos han dejado tenemos aún mayor responsabilidad y obligación de contribuir con lo mejor de que disponemos.

–Me da la impresión de que estás ilusionado.

–Sí, inesperadamente ilusionado y revitalizado. Siento que muchas miradas se fijan en mí, que analizan mis reacciones y desean conocer mis ideas y proyectos.

–¿Vas a volver a la etapa de desarrollo?

–Volveré a un nuevo desarrollo, a una forma diferente de contribuir, de aportar y ofrecer lo que pueda a los demás. La sociedad nos necesita a todos. A los que podemos orientar con criterio, calma, prudencia, y fe también.

»La era del privilegio se nos ha cortado de bruces y esto es una exigencia para rehacernos y conseguir que el futuro, que tiene el rostro de nuestros hijos y nietos, tenga la oportunidad de constituir otra era como la que nosotros hemos tenido el privilegio de vivir.

CRISIS INESPERADA

En que noto cómo la vida toma velocidad y rueda sin control meseta abajo

Apareció un vencejo, al que llamé Swift por la forma en que a su paso el viento rasgaba la atmósfera. Me dio la impresión de que la Voz del Silencio se integraba en él.

Aquel día, al levantarme noté una carraspera en la garganta; tosí ligeramente y me senté frente a la ventana dejando que mi vista se extendiera por encima de los tejados hasta el limpio horizonte.

Los vencejos revoloteaban alegres, y seguro que sorprendidos, ante la quietud que reinaba. Los arbolados parques y jardines se encontraban a su entera disposición y el aire era tan puro como nunca antes lo habían conocido.

Se mantenía aquel silencio, que resultaba artificial para una gran ciudad, y a lo lejos, donde solían verse algunos aviones que encendían sus poderosos focos al arrimarse hacia las pistas del transitado aeropuerto internacional, no había movimiento alguno.

Una especie de calma, entre compungida, artificial y tensa, rellenaba el ambiente.

Sentí que en aquellos setenta días de encierro mi vida había avanzado mucho más por la meseta. Que, sin darme cuenta, o yo me había movido, empujado por alguna fuerza extraña, o bajo mi estatismo, alguien me había corrido una casilla de la vida.

El hecho es que, si bien no veía, sí podía percibir el olor lejano de aquel descenso que, precipitado y desconocido, existía al final de la meseta. Era algo extraño, incoloro, insípido e invisible pero emitía un halo de olorcillo misterioso, como a otoño vital.

«Sí –me dije a mí mismo–. La juventud huele a primavera, la madurez quizá a verano y el tiempo tras la meseta se anuncia como el otoño, en el que los hermosos colores parecen querer disimular la inevitable y parduzca caída ws hojas».

Volví a carraspear y esta vez tosí ligeramente.

La mirada en el horizonte, aquel día tan grato, con un tiempo tan apacible que invitaba a salir y romper la orden de cuarentena, me acercó a ese mundo de los sueños en el que mi imaginación voló como uno más de aquellos vencejos.

Iba tomando distancia de la vida y de los acontecimientos que en ese momento se sucedían. Las cosas desde allí se veían con cierto desapasionamiento, más objetividad y equilibrio; con esa frialdad, tan necesaria como infrecuente, en aquel mundo tan contaminado.

Pude ver los rostros de algunas personas conocidas, y entre ellas reconocí a algunos amigos. Unos permanecían severamente enclaustrados en su confinamiento; otros formaban parte de ese grupo salpicado y escaso que caminaba triste por el barrio en busca de alimentos o medicinas en las farmacias.

Los pasos de quienes transitaban eran lentos, y en su recorrido, al que parecían querer sacarle jugo, se les notaba guardar una amplia distancia con los demás.

Aquel antiguo ritmo, usualmente frenético, precipitado y nervioso que parecía obligatorio en el ciudadano de megaurbe, se había disipado o desaparecido. El día mostraba sus veinticuatro horas paso a paso y las prisas se habían esfumado como por arte de magia. Lo que había que hacer podía hacerse con calma.

Aquella «generación del logro», tan educada en el hecho de fijarse un objetivo y dedicarse intensamente a conseguirlo, se sentía abrumada ante aquel cambio inverosímil promovido por la cuarentena. Habíamos oído decir que la vida a veces te consigue cosas sin proponértelo; incluso algunas que jamás hubieras logrado proponiéndotelo. Y, sin embargo, ahí estaba todo aquel mundo nuevo en que nos encontrábamos inmersos.

Pero tampoco todo en aquel mundo era paz y sosiego. Rostros de tensión y preocupación se dejaban traslucir. No todo era calma; la inquietud también estaba presente. Las personas estaban entregadas al presente pero sabían que el zarpazo del futuro estaba al acecho. Y para todos era un futuro que se vislumbraba bastante opaco y desconcertante. Había una profunda preocupación.

Parece que el sino inevitable del ser humano es la inquietud. Cuando no es el presente, con su histérica acumulación de quehaceres, es el futuro el que lo acecha y pone trabas a su felicidad.

Era como si la estupidez se empeñara en envolver a aquella especie.

Una extraña sensación se apoderó inexplicablemente de mí. Repentinamente la Meseta tomó una velocidad inesperada, una aceleración descontrolada que me desconcertó. Los mandos del vehículo en que viajaba, y en el que sin saber cómo me encontraba, no me eran accesibles y ni siquiera visibles.

El veloz deslizamiento hacia aquella brusca caída final se me apareció inevitable.

ESTUPIDEZ

En que inesperadamente la Voz del Silencio toma forma visible en un animal

Cerré los ojos y el sueño me invadió. Era un sueño extraño, dulce y profundo, al tiempo que inquieto y desconcertante.

Me vi encaramado a lomos de uno de aquellos vencejos. Ese vencejo real venía desde lugares recónditos del África Central, donde invernaba para llegar a nuestras cálidas tierras en primavera.

Tenía un vuelo especial e inquieto. «No en vano es un vencejo real», pensé. Y me pareció que podía ser la imagen de aquella Voz del Silencio con la que tanto había conversado.

El vuelo del vencejo era nervioso y escurridizo. No dejaba de curiosear lo que sucedía bajo sus alas, ni de mirar aquí y allá. Su naturaleza era agitada y robusta tras su pequeña apariencia.

Su certera mirada parecía experimentada y sabia. Penetraba más allá de la simple superficie y escudriñaba hasta los más recónditos escondrijos.

A pesar de todas las piruetas y vaivenes, aquel sitio donde me había encaramado me parecía placentero. Su lomo me resultaba acogedor y desde allí podía admirarlo todo.

En las caras de los transeúntes se notaba que aquella extraña e inusual calma los había cogido por la espalda.

Le pregunté a mi vencejo:

–¿Cómo ves este ambiente?

–Pues extraño. Completamente diferente al de otras ocasiones.

–¿Lo ves más relajado y tranquilo?

–Veo cierta calma, pero es una calma artificial, obligada y no buscada. Una calma ficticia, más de forma que de fondo. Que esconde inquietud.

»Hay una tensa y oculta preocupación. De incertidumbre, no solo por el miedo al contagio, sino por las incógnitas sobre la salud y un futuro estremecedor.

Probablemente por eso –pensé– se podían ver tantas figuras que mostraban su pesar, incluso en el modo de caminar. No solo los rostros y miradas, sino incluso los andares eran pesados y cansinos.

–¿No te parece que están pensativos? –le pregunté, pues tuve la impresión de que muchos reflexionaban tal vez sobre la ligereza de comportamientos durante el tiempo pasado y el desperdicio de recursos ahora necesarios.

–Creo que han recibido el impacto de un frenazo inesperado y en seco. Un golpe que les obliga a enfrentarse a la esencia de la vida.

–Sí; se echaba de menos la compañía, la cercanía de los seres queridos, el cariño, y por supuesto la salud. ¿Tal vez se ha derrochado demasiado?

–Yo he visto durante mis años de viajes ostentación, prepotencia y superficialidad; una despreocupación y un culto a la apariencia que ahora se comprueba que carecían de sentido.

–Tú serás más objetivo, sin duda.

–Veía un excesivo «corremucho sinsaberpadonde», y perdóname que lo explique de esta manera. También nosotros tenemos en nuestras bandadas de vencejos algunos así, pero son anecdóticos y por supuesto no les permitimos que nos guíen.

»Los esclavos de la velocidad antinatural son muy superficiales. Tal vez eso os haya sucedido también a vosotros y ahora de sopetón os deis cuenta de que lo importante realmente son la vida y el afecto.

»Si les preguntáramos, muchos quisieran poder volver a tener el confort del recorrido para vivirlo de nuevo, aunque de modo diferente; prestando más atención a lo trascendente.

»'¿Por qué tanto desasosiego inservible?', se preguntarán.

Desde la nueva perspectiva, resultaba ridícula toda aquella angustia por tener y acumular para ahora no poder disponer de lo acumulado, para estar bloqueados por el inmenso poder de una «insignificancia vírica».

Muchos sentíamos haber sido unos inconscientes. La vida, como trayecto, se valoraba ahora de modo diferente y todos los valores se trastocaban.

–¿Te has fijado en los más ancianos? Ellos nunca olvidaron los duros tiempos vividos. Ellos, a su modo, siempre se han mantenido al margen de esta forma de vida tan alocada que les es incomprensible. Ellos siguieron administrando con prudencia y gastando con moderación. Porque quien sabe el valor de la «nada» es quien mejor comprende y valora el poder «tener».

–Es cierto –le dije–. A algunos les he escuchado decir que la abundancia «idiotiza». Y ahora comprendo que no les faltaba razón. Vivir al límite y, por encima de las propias posibilidades, acaba pasando factura.

–Pues sí; el contraste del «más al menos» siempre se hace duro. El del «menos al más» casi siempre se hace montados en el vehículo de una prepotencia inconsciente; es una cuesta abajo confortable y feliz.

»El inconformismo es un mal abrigo. Una vez que te abraza se convierte en ansia, toma vida propia y te quita los mandos de la vida. Es un falso confort.

»Y la 'sensación de éxito' es mala consejera y peor compañía porque es engañosa; te hace creer que lo que hoy marcha bien siempre seguirá yendo por ese camino. Pero la vida tiene quebradas y precipicios inesperados. Y ahora nos hemos topado con uno de ellos. Y entonces todo se desmorona irremediablemente.

Indudablemente, Swift, aquel «amigo vencejo», había vivido extraordinarias experiencias y contemplado múltiples formas de vivir.

No tenía ni idea de lo que hacía yo montado sobre su cuerpo, pero los sueños traen cosas imposibles y absurdas con algún significado.

CAMBIO DE RUMBO

En que cuento cómo el encierro humano permite expandirse a la naturaleza

—Me parece maravilloso poder desplazarte así por el aire, sin límites y teniendo la posibilidad de observar desde la distancia.

–Sí, es una de las cualidades con que me ha dotado la naturaleza.

El vuelo del vencejo es incansable y lleno de vericuetos. Lo de viajar en una dirección fija y única no es lo suyo; necesita curiosear.

–Tu resistencia es terrible –le dije.

–Sí, estamos hechos para viajes larguísimos sin paradas. Vuestros artilugios voladores quisieran tener nuestra capacidad . –Sonrió.

–Sería maravilloso.

–¿El qué?

–Pues poder acompañarte.

–¿Te gustaría? Podemos hacer un recorrido de prueba si te apetece. ¿Dónde querrías ir?

Permanecí en ese estado de ensoñación durante el que, aun sabiendo lo irracional e imposible que es tu «vivencia», te sientes a gusto y desearías mantener toda tu vida.

–¿De verdad me lo dices?

–Por supuesto; ¡elige!

–Me gustaría poder ver cómo se está viviendo esta situación en pequeñas poblaciones.

–¿Quieres que vayamos hacia la montaña?

–Me encantaría.

No había acabado de decirlo cuando ya había dado un giro y emprendido su zigzagueante vuelo hacia la cordillera, cuyas siluetas se podían ver al fondo.

La salida de la gran ciudad tenía algo tan fantasmagórico como el centro. Solo vehículos salpicados, aquí y allá, circulaban, y los primeros pueblos de la sierra se veían anormalmente pasivos. Algunas personas, privilegiadas paseaban o cuidaban sus jardines, disfrutando, aunque encerrados, de aquella porción de naturaleza.

Pero ese silencio estático se hacía extraño. La naturaleza había recuperado su ser. Se podían escuchar los campanos de los animales que pacían y rumiaban relajados. Su quietud y parsimonia siempre contrastaba con la de los humanos, pero ese día aún más. Y estoy seguro de que percibían lo anormal de lo que sucedía. Su instinto les hacía barruntar que acabaría por afectarlos.

El surco de aquella calzada romana ascendía hacia la montaña. Arriba la primavera estaba aún más florida y relajada; campaba a sus anchas en un año en el que las lluvias caídas la habían dotado de una fortaleza especialmente intensa.

Habíamos retrocedido decenas de años en el tiempo. Solo la extensión de las construcciones reflejaba que estábamos en la era postmoderna.

Las abejas revoloteaban entre los inmensos ramos de flores y plantas silvestres, recogiendo, incansables, polen que llevar a sus panales. Los arroyos veían llegar despreocupadas a una gran variedad de especies buscando solaz en sus verdes confines. Y el agua, sobrada de caudal ese año, cantaba su alegría en el ambiente.

Desde aquellas altas cotas, el fondo de aquella impresionante vista lo ocupaba la silueta de los edificios y rascacielos que anunciaban una ciudad extrañamente adormecida, sobre la cual había desaparecido la boina de contaminación.

Unas gotas inesperadas anunciaron la llegada de una de esas tormentas primaverales. Otro placer que nos acompañaría durante aquel recorrido.

Me adormecí plácidamente.

Mi vencejo me imitó. Ascendió hasta notable altura y allí, sin dejar de volar, se entregó al sueño también. Sí, porque los vencejos no dejan de volar incluso cuando duermen.

«Ha sido un privilegio descubrirte», quise decirle, aunque mis palabras no salieron de mi boca.

«También para mí lo ha sido», estoy seguro de que me hubiera respondido con cortesía desde la paz alada de esa atmósfera placentera.

NOR-NORESTE

En que relato las extraordinarias oportunidades que el mundo ofrece

Aquel sueño en vuelo resultó tan confortable como inexplicable.

Nos encontrábamos entre una enorme masa de pájaros, todos ellos vencejos, que nos rodeaban.

A un gesto de quien parecía ser su guía, todos iniciaron el vuelo en una misma dirección, cada uno haciendo sus propias peripecias con las que satisfacer su curiosidad.

Su ruta tenía un rumbo, el Norte, pero eso no evitaba que su movimiento no fuera rectilíneo, sino que era sinuoso y alocado, como digo, en cada uno de los individuos. Todos se movían libremente y a su antojo, a pesar de volar en grupo.

Observada desde la distancia, parecía una bandada alegre y poco disciplinada.

–¿Adónde vamos? –le pregunté.

–Primero nos orientaremos hacia el Norte, y llegado el punto en que toquemos el mar, modificaremos rumbo hacia Nor-noreste.

–Vaya –le dije–. Toda una aventura.

–Sin duda lo es. Nuestra vida es así; nuestra naturaleza es viajera.

–E inquieta –añadí.

–Tienes mucha razón. Somos inquietos. Nunca dejamos de estar en movimiento; cada especie tiene su ritmo y el nuestro es alto e intenso.

–Sin embargo, observo que nunca renunciáis a contemplar todos los detalles que os rodean.

–Es cuestión de supervivencia. Tenemos nuestros enemigos; depredadores naturales que están alerta, especialmente durante el escaso tiempo que permanecemos en los riscos donde nuestras hembras depositan los huevos y atendemos la espera y crianza de nuestras crías.

–¿Cuándo es eso?

–Cuando lleguemos a nuestros lugares de asentamiento.

–Debe ser hermoso tener la oportunidad de conocer lugares tan diferentes.

–Sí; viajamos y conocemos sabanas, selvas, desiertos, mares bravíos, dehesas, campos de cereales, montañas rocosas y elevadas neveros…

»Un mundo maravilloso. Exactamente igual que el vuestro, solo que a nosotros nos gusta disfrutarlo.

»Sí, maravilloso.

–¿Y conocerás también muy diferentes tipos de seres humanos?

–¡Oh, sí!, muy diferentes. Son completamente diferentes los unos de los otros. Bueno, no me refiero a su esencia, pero sí a sus modos de vivir, comportarse, vestir, relacionarse. Sí, muy muy distintos.

–Tal vez tú nos entiendas mejor que nosotros mismos.

–¿Entenderos? No es fácil. Hay demasiadas cosas incomprensibles.

»¿Me permites que te diga una cosa sin molestarte?

–Claro.

–Pues verás: hay dos cosas especiales que no logro comprender.

–Adelante. ¿Cuáles son?

–La primera es esa decidida voluntad vuestra de dominar y someterlo todo. ¿Alguna vez os habéis puesto a pensar en lo que el resto de especies animales opina de vosotros?

–No, creo que no.

–Pues sería un ejercicio muy aleccionador y productivo.

–¿Y la segunda?

–Pues la estupidez. Se me hace imposible entender vuestro comportamiento sin aceptar que necesariamente hay que contar con la estupidez humana.

»En vuestra historia habéis desandado muchos peldaños de progreso por ambas razones. Y me atrevería a decir que vuestro afán por dominar es la mayor causa de vuestra estupidez de comportamiento.

»Os sorprendería saber que en el mundo animal no tenéis tanto prestigio como pensáis y que se os considera la especie menos libre de todas. Sois la más regulada y sujeta a las normas del universo. Y lo que más extraña es que a eso le llaméis libertad.

»Comprenderéis que vuestra ingenuidad nos produzca risa.

»Sois la especie más sometida al poder del jefe. Y aquella en la que la pasión por dominar al resto está más desenfrenada. ¿Y a eso le llamáis 'inteligencia superior'?

»¡Sois la monda!

»Discúlpame que te hable así pero me parece lo más honesto.

»Tal vez nosotros seamos más básicos o infinitamente menos inteligentes, pero también tenemos nuestra opinión acerca de vosotros. Y desde luego no somos capaces de comprenderos. Sois la clase más temida por lo avasallador de vuestro carácter.

»Podríais tener todo para ser felices pero dilapidáis vuestras capacidades.

Reconozco que aquellas palabras resonaron como un zarpazo en mi orgullo como si otro virus se cebara con mi intimidad.

VUELO RASANTE

En que arremete contra los comportamientos que impiden aprovechar la vida

Aquel vencejo real era uno más entre un grupo. Y si algo llamó mi atención de aquel conjunto eran sus relaciones, tan respetuosas como asincrónicas.

Era una bandada que se desplazaba de forma anómala y desordenada. Allí no parecía que hubiera reglas obligatorias, más allá del principio de pertenecer y volar en formación. Pero estos no conformaban figuras de pico o flecha como hacen otras aves más en sus desplazamientos grupales.

Aquello parecía más un apelotonamiento de individuos independientes que un dardo dirigido hacia un punto.

Su vuelo no era directo sino sinuoso, pero al fin y al cabo resultaba eficaz porque de ese modo tan peculiar conseguían su propósito final.

No sé si había un jefe o responsable reconocido como tal, pero al menos no pude distinguirlo. No se hacía notar. Y más bien me pareció que existían guías que aconsejaban el rumbo a seguir. Quizá fuesen los más expertos o cualificados para la orientación. Tal era debido a su anárquica naturaleza.

–¿Ves esos extensos campos? –me dijo una vez atravesada la primera barrera de montañas.

–Sí, son hermosos.

Los tonos amarillentos se entremezclaban con los dorados, estos con otros rojizos y todos salpicados entre ligeros verdes que parecían querer ganar protagonismo, y algún que otro ocre que se empeñaba en dejar constancia de su existencia.

Era la Meseta: ¡aquello era la Meseta!, una auténtica meseta. Aparentemente, una gran planicie de sosiego vista desde las alturas, pero con engañosos repechos en su interior.

Presentí que podía tener bastante similitud con aquella que había imaginado en mi cabeza.

Allí, al fondo, junto a aquella línea azul, debía de estar, al fin, el precipicio deslizante que había visto en mis sueños sobre el recorrido final de la vida.

Hicimos un picado inesperado que casi me hace desmontar y descendimos hasta aproximarnos a uno de aquellos incipientes trigales. En ellos se escondían, entre otros, perdices y codornices atentas al cuidado de los nidos en los que se hallaban los huevos de donde surgirían sus crías.

El vuelo rasante que siguió fue un privilegio; una especie de pasada por la nueva vida que, con su belleza y drama, se regeneraba a nuestros pies.

Ante nosotros estaba el misterio de los recién llegados y de unas criaturas ingenuas deseosas de comenzar a crecer en la vida.

Unos chiquillos correteaban derrochando energía, haciendo brotar la esperanza.

Y la vida tomó color, el color de la ilusión.

¿Hay mejor ilusión que la de la fe y el deseo de hacer un mundo mejor que el que nos han legado?

–¿Ves por qué no os comprendo? –me dijo Swift, el vencejo real.

–¿A qué te refieres?

–Año tras año, he visto el rostro de la nueva vida. El de la naturaleza sonriente y renovada. Año tras año, los rostros esperanzados de las personas esparciendo ilusión.

»Siempre veo demasiadas caras mirar hacia atrás con resignación y hacia adelante con los muchos nuevos propósitos que genera el arrepentimiento.

»Cada año mi fe en vosotros se ha renovado. Y, cada vez, me habéis decepcionado. No me arrepiento de creer en vosotros y siempre he retornado a la esperanza, pero habéis de reconocer que no lo ponéis fácil.

»Caéis de nuevo en apasionados enfrentamientos y peleas absurdas, en envidias y luchas. No puedo comprender vuestra pasión por dominar a los demás ni vuestra falsa libertad; ya te lo he dicho. Ni me gustaría tener ni aceptaríamos a alguien así en nuestra bandada.

Y fue entonces cuando un cierto tono de sollozo enturbió el hasta entonces hermoso vuelo.

Algunas de mis lágrimas fueron a hacerle compañía, posándose en su plumífero lomo.

Y, otra vez, unos rayos de luz iluminaron mi mirada ciega, que se escondía en el interior de mis ojos cerrados en el ensoñamiento.

Y aquellos brotes de vida hicieron que en ese momento percibiera la imagen nítida del nacimiento y crecimiento de mis hijos.

Aquel reflejo de luz fue una maravillosa estridencia al pensar en los años vividos juntos y la alegría de aquellas experiencias.

Había vivido con ellos etapas cruciales de la vida; las suyas y las mías nunca coincidieron ni coincidirían. Cuando ellos crecían al aprendizaje de la vida, yo estaba en pleno desarrollo; y cuando ellos llegaron al desarrollo, yo estaba ya avanzando por la Meseta.

Esa era la ley de la vida, la ley del tránsito. Y ese era el entorno en el que debíamos buscar la felicidad.

HASTA EL HORIZONTE

En que me hace ver la importancia del camino frente al simple destino

Cuando llevaba un tiempo en la bandada de Swift y los suyos empecé a darme cuenta de que no todos eran iguales y aprendí a detectar sus diferencias.

Al contarle mi descubrimiento, mi amigo se echó a reír.

–¡Qué cosas tienes! –me dijo–. ¿Acaso vosotros sois todos iguales?

–No.

–¿Entonces por qué íbamos a serlo nosotros?

»Bueno; no me contestes –se adelantó a mi respuesta–. No te preocupes; ya sé la razón. Nosotros tenemos que apreciar vuestras diferencias, pero no al revés. Reconoce conmigo que somos opacos a vuestras miradas. No tenéis interés por nadie que no seáis vosotros mismos.

–¿Por qué tanto empeño en hacerme sonrojar? –le pregunté–. Cada uno tiene su naturaleza.

No hizo ni caso; miró hacia otro lado y no hubo más comentarios.

Nos encontrábamos en medio de toda la bandada, revoloteando sobre los tejados de una pequeña población que acabábamos de alcanzar en nuestro camino.

Al grupo de vencejos le atraía e ilusionaba desviarse en su desplazamiento para detenerse y regodearse revoloteando sobre los tejados. ¿Qué les atraería tanto de ellos?

Con su alegría envolvían todo el ambiente y al mismo tiempo se les veía disfrutar.

–¿Por qué os detenéis en vuestro viaje y perdéis tiempo sobre estas poblaciones? No lo entiendo muy bien –les dije–.

Son muy pequeñas, y sin embargo parecen tener un gran atractivo para vosotros.

–Tampoco yo entiendo por qué vuestra angustia con el tiempo. ¿Por qué hay que llegar en un momento determinado que os habéis fijado o lo antes posible? Probablemente a vosotros os parezca innecesario y hasta absurdo que ralenticemos nuestra ruta para detenernos en lugares tan pequeños porque vosotros padecéis una auténtica obsesión por llegar a la meta, pero nosotros sabemos disfrutarlos.

–Pues dado que tenéis un destino... –comenté levemente.

–Sí, tenemos, como todos, un final. ¿Y qué?

»Nuestra vida se desarrolla tanto durante el viaje como allá, en el destino. ¿Por qué acortar el trayecto para llegar antes? ¿Por qué perderos rincones tan bellos como este?

»Nosotros migramos para situarnos en lugares de climatología favorable para una mejor reproducción y el nacimiento de nuestras crías. Pero llegar un poco antes o después no es trascendental.

»La vida continúa; el antes, durante o después no importa.

–¡Ah! –le dije pensativo.

–Todo es vida; ¡nuestra vida!

»¿Y acaso se puede compensar la alegría de estar sobre esta hermosa población con el hecho de adelantarnos un tiempo?

»La oportunidad perdida ya no se puede recuperar, amigo.

Y Swift me mantuvo firme su profunda mirada.

En ese instante abrí los ojos. Mi mirada se topó con ese destello de luz blanca y fría que me alumbraba. De nuevo la misma persistente luz.

Estaba solo. No entendí por qué este sueño había interferido en mi trayecto con Swift. Y me pareció mucho más confortable abandonarlo y regresar a lomos suyos. Su compañía y la de su bandada eran mi mejor posesión en aquel momento. Era lo más confortable y cálido que tenía a mi lado.

La afectividad era el sentimiento que más valoraba y necesitaba, pues aquel mundo de luz blanca que me había interrumpido era aséptico, solitario, impersonal y frío.

Nuevamente, aquel lomo de suaves plumas me acogió. Era mullido y confortable.

Miré hacia abajo y vi personas trajinando en sus campos y moverse con sus rebaños de ganado. No se parecían en nada a los de la ciudad.

No cuidaban sus vestimentas como ellos, ni les preocupaba el que estuvieran tan impecables, ni daban tanta importancia al poseer ni al parecer.

Eran gentes más sencillas, más cercanas a la naturaleza, más respetuosos con ella. Y estoy seguro de que ellos sí conocían y apreciaban las diferencias entre los individuos de aquella bandada de vencejos.

Tenían menos necesidades; sabían ser más autónomos y vivir con menos dependencias. Se encontraban más próximos a la libertad, aunque no la proclamaran con mascaradas eufóricas. Disponían de menos confort pero de más Ser.

Miraban a las estrellas; conocían los movimientos migratorios, nos identificaban al paso y sabían nuestras épocas de vuelo. Incluso sabían predecir e interpretar los cambios climatológicos.

–¿Tú nunca has viajado así? –me pregunté

–No de forma habitual, pero sí, alguna vez lo hice.

–¿Y cómo te sentiste?

–Feliz a pesar del esfuerzo.

Quise que los míos conocieran el camino que estaba realizando. Hace algunos años había vivido un viaje similar. Anduve en solitario y publiqué *Caminando hasta Altamira*; un libro de viajes que hoy recordaba. Incluso llegué a reconocer la cara de alguna de las personas sobre las que sobrevolábamos.

Y vi cómo unos niños nos observaban y señalaban curiosos. Estaban aprendiendo, guiados por un anciano, lecciones sobre la naturaleza.

La silueta de una cadena de montañas interrumpió el horizonte. Supe que al traspasarla nos acercaríamos al mar. Y allí aparecería un nuevo horizonte azul. Allí se vislumbraría el nuevo rumbo hacia el final del viaje.

Y aquel intenso destello de luz fría apareció de nuevo frente a mis ojos haciéndoles sentir forzados y agredidos.

PASTOREO

En que me hace toparme con la libertad en la vida

En una zona recogida y soleada de la montaña descubrimos una sencilla construcción.

Unos surcos dejaban claro que el acceso más frecuentado era a través de una senda que se extendía, encorvada, a veces por el centro del praderío y otras pegada a la roca, para salvar los rotundos desniveles del terreno.

–¿Qué es eso? –pregunté extrañado.

–¡Ah! Es la cabaña.

Lo dijo con una naturalidad que pareció dejar claro que le resultaba, no solo conocida, sino hasta incluso familiar.

–¿La cabaña? –insistí, pues su tono acentuó aún más mi curiosidad.

–Sí, la cabaña. Es la única por estas montañas; no hay otra igual ni parecida en muchos kilómetros.

–¿Por qué? –volví a insistir.

–Pues porque tiene vida propia. Observa bien, ¿lo notas?

Entonces me di cuenta de que un penacho de humo se elevaba desde su minúscula chimenea.

–¡Está habitada! –me sorprendí.

–Claro –dijo.

–Quiero decir que no es un simple refugio para protegerse en momentos especiales, ni solo para guardar ganado, sino que alguien la habita.

–Eso es; por eso es «la cabaña» y no una cabaña más. Y por eso cada año nos gusta pasar a visitarla. Es un lugar excepcional.

En un lateral, unas ropas colgaban del tendal, recogiendo los cálidos y agradecidos rayos que el sol les enviaba.

Bastante más abajo había un abrevadero, por lo que deduje que un arroyo suministraba agua a la cabaña y desde allí con posterioridad descendía hasta el pilón, más alejado, donde el ganado sorbería.

Un cerrado colateral guardaba unos conejos y unas gallinas mientras que otro, con su amplia portilla abierta, debía ser el reservado para la recogida de las ovejas.

Las cabras, vacas y caballos estaban a su aire paciendo y rumiando por el entorno.

Un hombre de avanzada edad estaba sentado sobre un tajo y se entretenía trabajando una pieza de madera. Alrededor, un montón de astillas estaban preparadas para ser apiladas junto a la chimenea interior para alimentarla.

–¿Vive usted aquí? –le pregunté sin que pareciera sorprenderle mi llegada.

–Sí, desde la primavera y hasta bien avanzado el verano. Es un buen sitio y muy autónomo.

–¿Y en otoño e invierno?

–Bajo a la casa, en el extremo del pueblo junto al valle.

–¿Y no se encuentra solo tantos meses aquí?

–No –dijo rotundo–. Tengo la compañía de los animales.

–¿Y aburrirse? ¿No se aburre?

–¿Qué es eso? –dijo soplando la pieza que recortaba–. Aquí siempre hay algo que hacer; que si el ganado, la comida, el fuego, reparaciones, un animal que parió, ordeñar, hacer quesos... Siempre hay quehacer; no falta el entretenimiento.

–Ya, pero no habla con nadie.

La expresión que me devolvió parecía querer decirme: «para lo que hay que hablar», pero pareció guardarla en su boca y, sin embargo, me respondió:

–Tengo mis pensamientos, charlo con mi sombra y –se detuvo un instante–... y con estos...

Pegó un silbido y tres impresionantes mastines se le acercaron trotando.

–¡Chiffffsssttttt, Chiffffsssttttt! Aníbal, Sultán, Gandul... ¡Toma, toma!, tenemos visita.

Su llegada fue sonora, sus lametones también; se restregaron con fortaleza, haciéndole tambalear sobre el tajo.

–Yiiieeeehh –tuvo que chiflarles en señal de alto.

–Impresionantes, ¿verdad? –dijo sin ocultar sentirse orgulloso.

–Sí, realmente lo son.

–Nos protegen de los lobos y otras alimañas. Son trabajadores fieles y obedientes. Saben hacerse respetar. Y charlamos juntos, ¿verdad? –les dijo.

Un nuevo restregón, esta vez acompañado de lametones, fue su amistosa respuesta. En cuanto tenían oportunidad se acercaban en busca de afecto.

–¿Tiene usted teléfono?

–No.

–¿Y cómo se comunica? –dijo extrañado–. Hoy día es una gran ventaja.

–No lo quiero y tampoco lo necesito.

–Pero le sería muy útil –dije convencido y queriendo animarle.

–¿Para qué?

–Para que sepan de usted. Por si le pasa algo.

–Mire, hijo –me dijo en tono cercano–; empecé como sarruján acompañando a mi padre con diez años y luego llegué a pastor, lo que hoy soy.

»Ese es mi oficio; quizá el último o de los pocos que pueden quedar.

»Mi vida son los animales y la montaña; nos conocemos y entendemos bien. Y aquí seguimos.

»Este es mi oficio y así es mi vida.

»Pero los tiempos cambian, eso sí. Ahora cuando subo hasta aquí ya no traigo todas las provisiones a lomos de mulos. Ahora las trae un Land Rover con su remolque.

»Pero yo sigo subiendo con el ganado. Atravesando las camberas y trochas de siempre.

–Eso será agotador –dije, cansado solo de pensarlo.

–Así ha sido mi vida siempre y así lo seguirá siendo hasta el final –comentó, al tiempo que miraba al cielo para santiguarse en un gesto rápido y desordenado.

No le pregunté por la pandemia. Aunque supiera de su existencia ¿qué podía importarle a alguien así, que vivía aislado de aquel modo?

Y continuamos hablando despreocupadamente de otras cosas.

–Mira, cada uno es hijo de su referente en la vida. El ganado, la montaña y la soledad han sido mis compañeros de siempre.

»No quiero modernidades. No veo a quienes las tienen mucho más felices que yo.

»Cuando bajo al pueblo encuentro a muchos colgados de sus teléfonos, de las noticias y de comunicarse, dicen, con otros. Para mí, comunicarme es estar cerca de alguien y hablar apaciblemente, como hacemos ahora.

»Y sobre las noticias. ¿Para qué las queréis?, les digo. Si estuvierais sin ellas ¿cambiarían mucho las cosas? ¿No os afectarían menos circunstancias que os son lejanas y ajenas? ¿No seríais más libres?

»Me aturullo cuando me cuentan tantas estupideces que fabrican los hombres. Y francamente me siento mejor así, más dueño de mí mismo y de mi felicidad.

–Pues vistas así las cosas... –le dije.

–Es absurdo ser infelices y estar agitados por algo sobre lo que, poco o nada, se puede hacer. ¿Sirve de algo?

»Aquí solo me afecta lo que yo quiero que me afecte directamente; ¿verdad, Sultán, Aníbal, Gandul? Estos sí que son fieles e inteligentes. ¿Le gustan?

–Mucho –respondí ya confiado y acercándoles mi mano para acariciarlos.

–Sí, señor. Aquí se tiene poco, pero se es dueño de uno mismo, del silencio y del tiempo. Hay mucho que hacer pero no hay prisa.

»Solo de vez en cuando surge alguna tormenta repentina –dijo riéndose y mirando a un cielo por el que habían empezado a aparecer unas negras y amenazadoras nubes.

–¿Sabe una cosa?

–Usted dirá –me respondió.

–Pues que me he llevado una gran lección. Le considero a usted muy valiente.

–¡Bah! Para estar rodeado de mucha gente sí que hay que ser valiente. ¿Quiere que le diga algo? Pues que las personas deberíamos tener «derecho al no».

–¿Al «no»? ¿Y qué es eso?

–Pues a vivir cómo y dónde queramos. A ser libres, a no estar censados, a vivir en la naturaleza, a que nos dejen en paz, a que no nos controlen, a que no nos protejan si no queremos ser protegidos.

–Eso es imposible –le dije.

–Así era cuando yo era chiquillo y lo fue durante siglos. Así he vivido muchos años, y así quiero que siga siendo hasta el final.

»No quiero artilugios, ni revisiones, ni vivir más de lo que me corresponde a cambio de estar encerrado entre las reglas de un asilo.

»Quiero ser como siempre he sido. ¿Tiene eso algo de malo?

–No.

–¿Acaso me meto con alguien?

–Tampoco

–Pues entonces ¡que me dejen en paz! Sí, señor; no necesito ni teléfono móvil ni cuenta en un banco, ni tanta vigilancia ni protección. Cuando bajo, mis vecinos me pagan por mi trabajo. Yo liquido al tendero lo que me fió para venir y todos tan ricamente.

»Se alegran de verme; y yo a ellos.

»Así ha sido siempre la vida que he conocido y así es como quiero seguir viviendo.

Sacó de su bolsillo una bolsita de tabaco y papel de liar. Se rascó la cabeza sobre la boina y se preparó un cigarrillo, que encendió con el chisquero.

El «derecho al no», me quedé pensando.

Y ¿por qué no?

Noté como una apacible sonrisa interior me llenaba al recordar esa conversación. Había sido algo así como darse de bruces con la libertad. Aquel hombre estaba dispuesto a vivirla sin exigir nada a cambio; dueño de sí mismo y dispuesto a correr con las consecuencias.

Su sensatez era su guía. Sabía muy bien que las insensateces en aquel entorno se pagaban muy caras.

–¿Comprendes ahora por qué nos gusta hacer un alto aquí? –Fue Swift quien ahora alteró mis pensamientos.

–Lo comprendo.

–¿Ves cómo da igual llegar antes o después a un destino cuando puedes disfrutar de momentos así?

–Estoy de acuerdo, Swift. Los vencejos tenéis razón.

Y envidié el carácter y la fortaleza de aquel hombre humilde, liberado de ataduras y sin peso en su mochila que solo llevaba cargada de intensa libertad porque las palabras no le amedrentaban.

–¿Y si un día sufre un accidente o se encuentra gravemente enfermo? –le pregunté.

–¡Ah!; entonces... pues, ya se verá si acaso.

»En el caso más extremo, tengo esto. –Y sacó una bolsita de piel.

–Siempre lo llevo conmigo. Siempre lo hemos llevado quienes así hemos vivido.

Y me mostró unas hojas de tejo.

–Se puede hacer una infusión bien cargada. O, en el peor de los casos, mascar y tragar.

Me sorprendió que mostrara tanto desapego por la vida; aunque bien pensado quizá tuviera razón.

Pero así entendía él la libertad.

EL ÚLTIMO ESLABÓN

En que me enfrento con las reglas y fronteras de la libertad

—Todos me insisten –me había dicho– en que abandone esta forma de vivir; que me acomode al modo en que lo hacen todos los demás. Que así seré mucho más feliz, estaré mucho más confortable y me evitaré preocupaciones y penurias; que tendré un cálido hogar cuando el frío apriete y me expondré menos a la humedad; que estaré mucho más seguro y tranquilo.

–¿Y usted qué piensa?

–Mmmmm... pues, creo que no les falta razón –dijo aspirando una larga calada–; pero eso significaría abandonar lo que soy y cómo quiero ser.

»Sé que es difícil de comprender, pero así me crié. Mi raza siempre ha sido trashumante en primavera y verano, y esa es mi vida.

»Si renunciara a ella no me sentiría feliz pues perdería mi libertad.

–Le comprendo.

–Y usted qué hace; ¿anda huyendo?

–¿De quién? ¿Qué le hace suponer eso?

No me prestó mucha atención y prosiguió:

–¿Huye de sus ataduras o de su libertad?

–¿Es diferente?

–Quien huye de su libertad se teme a sí mismo. Quien lo hace de sus ataduras, huye de los demás. Porque la libertad está dentro de uno y las ataduras son cadenas ajenas por las que nos dejamos atrapar.

»Y las cadenas nunca se anuncian; son dulces y sigilosas. Quienes las extienden saben lo que se hacen.

»¡Yiiiieeehhh!; ¡Schiiiiift! –chifló.

Aníbal, Sultán y Gandul ladraron y se acercaron corriendo montaña abajo desde sus estratégicos escondrijos.

Fue entonces cuando tuve conciencia de que mi mente y mi cuerpo no iban al unísono ni estaban juntos; se habían separado de un modo que desconocía, y tampoco sabía cuál era la causa por la que lo habían hecho.

Yo volaba con mi mente. Iba subido en aquella «ave de libertad».

En aquella persistente luz que de nuevo me deslumbró debía estar la clave. A partir de ahí todo era confuso y sin dirección que me orientara.

La experiencia con aquel pastor me había transportado a muchos años atrás.

Aquella persona, que ahora resultaba excepcional, era muy común hacía años. Y yo había conocido, y hasta crecido, entre algunas de ellas.

¡Dios mío!, cómo habían cambiado las formas de vida en ese tiempo. Antes, ese modo de vivir, sin ser común tampoco era inusual. Había personas y familias que vivían así. Hoy, acercarse a esos lugares en ocasiones estaba incluso prohibido, y mucho menos podía uno instalarse en ellos. Esa forma de vida estaba perseguida.

–¿Qué vas pensando? –me preguntó la Voz del Silencio que me llegaba a través de Swift.

–Hay algunas razones que no entiendo.

–¿Las razones de qué?

–De que alguien que lo desee no pueda seguir viviendo como siempre vivió.

–Es el progreso, amigo. Vuestro progreso.

–¿Qué progreso? ¿Acaso crees que serían muchos los que desearían vivir así? ¿Progreso y libertad tienen que ser incompatibles?

–Eso no importa.

–¿Por qué?

–Porque lo importante no son las personas sino el sistema. Agrupar a las personas en un modelo y obligarlas a permanecer en él, haciendo lo que se espera y del modo en que se espera que lo hagan.

»Es vuestro modo de entender el progreso. Es así como entendéis esa libertad de la que tanto presumís.

–¿Sabes?; hay cosas que no me quedan nada claras.

–Ten cuidado. Tengo la sensación de que estás penetrando en un terreno muy peligroso. Hay muchas y muy negras e intensas nubes que te serán impenetrables. Son como una intensa tormenta, robusta e inmensamente poderosa, que lo absorbe todo.

–¿Cómo lo sabes?

–No lo sé, simplemente lo intuyo. Llevo muchos años viviendo y observando cómo cada día vuestro «modelo de libertad» os cerca y acorrala más.

–¿A qué te refieres?

–Buscabais seguridad, control, dominio del entorno, confort y protección. Y lo habéis conseguido. Pero ¿creíais que eso iba a ser gratis? ¿Que quienes ostentan el poder iban a actuar con generosidad sin más?

»Han creado un método con el que han confiscado sigilosamente vuestra libertad y desbocado vuestra complacencia.

Aquella forma de hablarme me pareció descarada, agresiva e inconveniente, pero luego me hizo meditar.

Me despertó una aguda punzada. Abrí los párpados y nuevamente aquella intensa luz agredió mis ojos. Cada vez se repetía con más frecuencia. Era como si alguien quisiera observar mis pupilas.

¿Dónde estaba? Me encontraba confuso. Solo tenía clara una cosa: no me gustaba aquel lugar, fuera lo que fuera y donde fuera.

Otra vez cerré los ojos, y nuevamente encontré paz a lomos de aquel vencejo que a esas alturas ya se había convertido en mi amigo. O al menos yo le consideraba tal.

Nuestra conversación quedó pendiente cuando me advirtió que estaba entrando en un terreno peligroso.

–¿Ya estás mejor? –me preguntó

–Sí, mucho mejor; gracias.

–¿Recuerdas al hombre de la cabaña?

–¿Cómo olvidar a alguien así?

–Es «el último trashumante de la cabaña». Antes había muchos, pero ya están prohibidos.

–¿Prohibidos?

–Sí. Están fuera del sistema. Este tipo de personas son autónomas e independientes. Viven de lo que hacen, se abastecen canjeando sus productos y creaciones artesanas por otros. Sus necesidades son pocas y estiran la duración de las cosas. No saben lo que es desperdiciar y se encuentran fuera de controles y censos, de los que huyen tanto como del desperdicio. Quizá esos sean algunos de sus imperdonables pecados frente al sistema, pues, además, viven en lugares ya prohibidos. No se permite estar ahí.

–¿Y por qué él está?

–Pues porque es el último y es famoso por ello. Un reconocido político supo de su existencia y fue a fotografiarse con él, lo cual le dio mucha y muy eficaz publicidad sin saberlo.

Le consideran un excéntrico útil. Y como es el último de lo que antes era un modo común de vida, se le tolera como una reliquia del pasado porque les sirve como atracción.

»Él cree que es libre, pero en el fondo el sistema ya le tiene atrapado.

–Pero no entiendo que alguien que no se mete con nadie y quiera vivir como siempre lo ha hecho no pueda hacerlo. ¿Por qué la libertad conlleva tantas prohibiciones?

–Yo tampoco, pero así son las cosas; así sois vosotros.

–¿Y vosotros no? ¿Acaso no tenéis a alguien que siempre se coloca al frente y dirige la dirección de la bandada?

–Sí; pero si quisiera quitarnos nuestra costumbre de volar deteniéndonos sobre los tejados que nos place, cuando nos place, y mostrarnos de forma anárquica y agitada, se quedaría solo. La bandada no lo seguiría sin más.

–¿Quiere eso decir que es la bandada quien decide?

–Quiero decir que él está al servicio de la bandada y no al revés.

–Creo que debería pensar sobre nuestro actual estado de libertad. Quizá si recordara los comportamientos que vi en mis antepasados cuando vivíamos entre aquellas montañas encontraría respuestas a muchas de las preguntas que me desbordan.

No sé por qué recordé la figura de mi abuelo; su forma de vivir, sus historias, las palabras y consejos que me daba durante aquellos paseos conversando a su lado.

EL DÍA DE LAS GENERACIONES

—Hoy es nuestro gran día; el día de las tormentas. Un día en el que los vencejos de todos los tiempos, pasados, presentes y futuros, nos unimos en una gran celebración.

–¿Cómo es eso de pasados, presentes y futuros?

–Sí, es el «Día de las Generaciones»; algo equivalente a lo que en vuestro mundo postmoderno denominaríais TSD (*The Swifts Day*) o El Día de los Vencejos.

–Eso puedo entenderlo, pero lo que no comprendo es lo que has dicho de pasados, presentes y futuros. ¿A qué te refieres? –insistí.

–Pues verás: hoy será el día en que nazcan muchas de nuestras crías y al poco comiencen a elevar su vuelo. En ellas está el futuro que despega hacia el infinito desconocido.

–¡Ah!, muy bien: ¿Y el presente?

–El presente somos nosotros; los que los hemos engendrado y traído al mundo. Nos sentimos orgullosos de ello y tenemos la obligación de adiestrarlos.

»Creemos que las crías que nacen en el día de hoy serán especialmente fornidas y longevas, pues tendrán que superar la jornada de las tormentas.

–¿A qué te refieres?

–Pues a que el hecho de que tener que enfrentarse a la tormenta de las generaciones les supondrá tal prueba que sin duda les hará fuertes.

»Piensa que acabarán de llegar del reino de la paz y de repente se verán envueltos en el de la estridencia. Esa prueba los dotará de una fortaleza especial.

–¿Y a qué te refieres con el pasado?

–Pues a todas las generaciones que nos preceden, nuestros padres, tíos, abuelos, bisabuelos... etc. Todos los que han hecho que el presente y el futuro de hoy puedan existir. Por eso es el «Día de las Generaciones».

–¿Entonces ese es el día en que recordáis a vuestros antepasados?

–Mucho más que eso. Es el día en que todos, pasado, presente y futuro, se reúnen.

–Los del presente y los del futuro lo puedo entender. Pero ¿y los del pasado?

–Pues ellos son los más protagonistas, pues son quienes crean el Gran Estruendo; ellos quienes crean la enorme e intensa tormenta que nos anuncia su existencia. Ellos son quienes se agrupan y crean esas negras nubes que se acercan a nosotros desde el horizonte del pasado.

–Perdona, pero no entiendo bien. ¿Quieres decir que ese negro horizonte que se nos acerca a gran velocidad está formado por nubes de vencejos?

–Sí; son los espíritus del pasado quienes, como muy bien has dicho, nos acercan al horizonte.

»Normalmente el horizonte es una línea inmensa y lejana que vemos y hacia la que nos dirigimos en nuestro caminar; ¿correcto?

–Sí.

–Pues hoy sucede lo contrario. Es el horizonte el que se nos viene encima. Es un día excepcional.

–¿Y quieres decirme que lo forman nubes de vencejos?

–Sí.

–¿De vencejos del pasado? ¿Cómo va a ser eso? –dije incrédulo.

–Pues sí; son los espíritus de nuestras generaciones pasadas.

–Eso es una ilusión y nada más.

–No, es una creencia.

–¿Acaso vosotros no las tenéis?

–Sí, pero...

Me cortó rápidamente.

–¡Ah!; claro, se me olvidaba. Las vuestras son vuestras y son superiores. Nosotros somos seres inferiores. Y nuestras creencias son absurdas.

Había tocado un punto crítico, pensé. Por primera vez, detrás de su sorna percibí una sensación de enfado.

–Discúlpame si te he molestado –le dije.

–Mira, sé que no lo hacéis por malicia; que es simplemente vuestra forma natural de ser. Despreciáis al resto, porque esa es la naturaleza que os habéis construido. Y os sentís orgullosos de ello. Sois los esclavizadores del resto.

Me sentí herido pero no supe replicar.

Una amenazadora tormenta se acercaba. Era extensísima y negra como la boca de un lobo. Realmente espectacular y terrible. Cubría por completo el sol y apagaba su luz, haciendo llegar las tinieblas de la noche. Y los rayos la adornaban con una dramática majestuosidad.

–Son los espíritus de nuestros antepasados que se nos acercan. Los truenos y relámpagos anuncian su llegada. Siempre los traen consigo. Por eso hoy es también el día de la Gran Tormenta.

–¿Y no os da miedo por vuestras crías? ¿No sentís pena por ellas? Por el riesgo que corren y el trauma que deben soportar.

Soltó una carcajada que resonó como uno de aquellos truenos.

–Mira, nuestra naturaleza «sabe» y está preparada para este día y para estos eventos de la naturaleza, así que podemos soportarlo por recia que sea.

–Pero ha de ser terrible para unas crías recién llegadas a la vida.

–Me hace mucha gracia la facilidad con que usáis vuestros «disfraces de bondad». Lo que os preocupáis por los traumas de nuestras crías, precisamente vosotros.

–¿Por qué me dices eso?

–Pues porque es sorprendente la facilidad con la que manipuláis vuestras conciencias. Cómo presumís de preocuparos y defender unas cosas mientras consentís abusos descomunales.

–¿A qué te refieres?

–Pues mira; nosotros nos sentimos orgullosos de nuestras crías y nos entregamos a ellas y a su protección. ¿Sabes que permanecemos siempre en vuelo y que incluso dormimos y copulamos en el aire? Solo bajamos para que nuestras hembras pongan sus huevos en los nidos que construimos en los roquedales y buscamos los más inaccesibles. Solo entonces, con nuestros cuatro únicos dedos a modo de garfios, nos enganchamos a ellos vigilantes. Y las defendemos a muerte de los depredadores. Y no somos insensibles. Lloramos cuando alguno nos arrebata uno de nuestros polluelos o se lleva alguno de los huevos.

–Bueno, en eso nos parecemos.

–¿Me dices eso con sinceridad? ¿Me dices eso como representante de la única especie que consiente y promueve la muerte de sus crías cuando se encuentran en periodo de gestación? Sois la única especie que a veces decide interrumpir la llegada a la vida de uno de sus propios hijos por su confort y comodidad.

–Bueno –trastabillé.

–¿Veis como sois unos inconscientes? Es que ni siquiera os dais cuenta de lo que hacéis. Os rasgáis las vestiduras porque unos truenos puedan crearles un trauma a unos recién nacidos mientras impedís la llegada al mundo de los que quieren llegar porque así lo deciden adultos a los que ellos «pertenecen». –Me dijo eso en un tono enfadado. Y me quedé meditando sobre la superioridad de la «especie inteligente».

Y SIGUIÓ SU VUELO

En que me informa de que el silencio te habla en todas partes, aunque haya lugares en los que hay mayor predisposición para la escucha

Swift revoloteaba frente a mí. Los movimientos de sus alas, repentinos y eléctricos, cambiaban en un momento y por breves segundos para convertirse en planeo y luego, inmediatamente, de nuevo regresaba al frenético aleteo. Siempre mostraba inquietud. Era el emblema de aquella bandada.

Mi mente, que volvía a sentir alejada de mi cuerpo, me empujaba a unirme a ellos, pero me sentía débil. Mi Ser no estaba preparado para viajes tan intensos.

–¿Seguiremos el camino juntos? –me preguntó en tono de duda.

Swift tenía una gran habilidad para demostrar las sensaciones que quería transmitir a través de su tono de voz.

Percibí que iba a ser absolutamente imparcial y que no haría nada por convencerme en uno u otro sentido.

–¿Por qué me preguntas eso?

–No parece que estés muy convencido. ¿De qué dudas?

–¿Cómo lo sabes?

–Tu rostro es muy transparente.

–Dime: ¿cómo son los lugares que visitas?

–¿Eso quiere decir que seguirías el viaje más por ellos que por nuestra compañía?

–Era una simple pregunta. No saques punta a lo que te digo.

–Pues son completamente diferentes. Yo paso de lo blanco a lo negro atravesando lo gris.

»Ahora seguiremos por mares, verdes praderas, inmensas cosechas y enormes ciudades repletas de aglomeraciones y tránsito. Es el mundo de la abundancia, pero también de la uniformidad y el ordenamiento.

»A veces me parece un escaparate perfectamente decorado.

–¡Ufff! –dije.

–Es un mundo repleto de buena gente, de ingenio y grandes ideas que saben llevar a la práctica. De extraordinarios inventos y conocimientos. Pero... bueno, tú ya lo conoces; no sé por qué te explico todo esto.

–Ya, por eso tengo sensaciones encontradas. Por un lado, la de la aventura hacia nuevas tierras, y por otra la de permanecer aquí, junto a la cabaña. Es como si algo me dijera que aquí encontraría las explicaciones que busco a mi vida.

–Bueno, esa es otra gran aventura.

–¿Sabes?

–Dime.

–Pues creo, por lo que te conozco, que tú aprenderías más si te incorporaras a nuestro grupo durante nuestro viaje de retorno hacia el Sur.

–¿Está allí vuestro origen?

–Nuestro origen se pierde en la inmensidad de los tiempos y las rutas. No sabemos de dónde partimos; si del Norte o del Sur. Solo sabemos que siempre estamos retornando. Así, cualquier lugar es nuestro hogar.

–¿Y por qué crees que aprendería más en el viaje al Sur?

–Pues, porque detrás de las chozas, las cabañas, los solitarios cominos nómadas, los desiertos, las sabanas, las selvas, las gentes humildes, los lugares de modestos pescadores y la escasez, encontrarás mejor el silencio que buscas.

»Aunque la Verdad está en todas partes, los oídos no se abren igual en unos lugares que en otros. Y sin esa escucha no se puede llegar a la profundidad del Ser.

»Pero igual lo conseguirías en la soledad norteña de las intrincadas montañas, los insólitos valles, los solitarios pastos o las planicies de hielos eternos.

»No es la vida, sino lo superfluo cuando te domina, lo que anega el espíritu. No es lo necesario, sino el derroche lo que corrompe el alma.

»Son la despreocupación y la insensibilidad ante el desperdicio lo que abotarga la mente y lo que te envuelve en el sinsentido.

»Es pensar que todo es inagotable y está a nuestro servicio lo que fuerza y destruye la naturaleza.

»La gente no es rica o pobre por su apariencia, o por sus palabras, sino por sus hechos y su fidelidad al mensaje de su corazón.

–¿Y qué dice mi corazón ahora? –le pregunté.

–Eso es algo que solo tú puedes saber.

–Estoy cansado –dije.

Sentí que me abandonaba y como si me dejara caer. Al poco, algo forzaba mis párpados y hacía entrar nuevamente aquella luz, fría y blanca, en mi interior.

Era como si una asepsia gélida quisiera meterse en mí. Por primera vez sentí cierto temor ante aquello que me resultaba tan extraño.

SONIDOS DE LIBERTAD

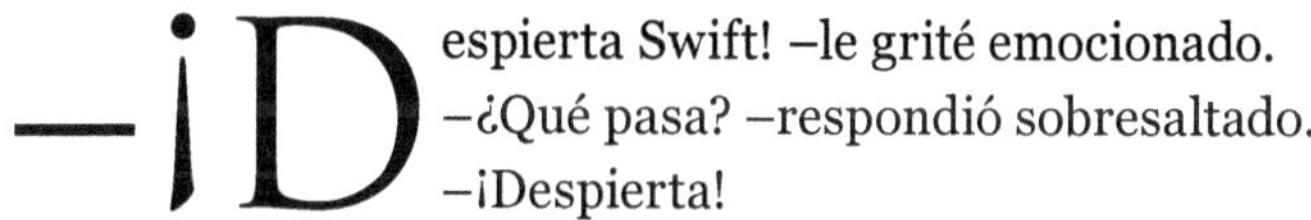

—¡Despierta Swift! –le grité emocionado.

–¿Qué pasa? –respondió sobresaltado.

–¡Despierta!

Swift no dormía demasiado ni su sueño era muy profundo, pero justo debí pillarlo en su momento más álgido porque parecía atolondrado.

Los vencejos ascienden hasta las cotas más altas y allí, sin dejar de mover sus alas y de volar, se quedan dormidos. Su naturaleza es casi incomprensible cuando uno piensa cómo pueden desarrollar esta peculiar habilidad.

–¿Escuchas? –le dije.

–¡No! –dijo aún aturdido.

–¿No oyes esos sonidos? ¡Esa música!

El suave sonido de una armónica hacía llegar su dulce melodía a pesar de la enorme distancia en la calma de esa noche.

–¡Baja, Swift! Baja. Desciende.

–¿Hacia dónde?

–Hacia el lugar de donde proviene el sonido.

–¡Ah! Es la armónica de la cabaña –me dijo.

–No parece sorprenderte.

–Pues no. Es el anciano.

–Por lo que dices te resulta conocido y habitual.

–Sí; ese hombre y su armónica son inseparables. Todos los días, especialmente en la noche, se dedican a flotar juntos un rato.

Aquella armónica continuaba lanzando sus placenteros y entrañables sonidos, que parecían cantos a la libertad.

La armónica tiene la virtud de activar una rebeldía interior que busca la libertad profunda.

Según descendíamos en picado hacia la cabaña, los sones de aquel instrumento llenaban más y más la atmósfera.

Las estrellas iluminaban aquel firmamento azabache salpicado de estrellas que parecían ensimismadas con la música. El conjunto hacía imposible dejar de sentir la minúscula importancia de los seres frente a la naturaleza.

Ya más cerca, vimos cómo Aníbal y Sultán reposaban su pacífica duermevela a los pies del anciano; mientras, Gandul parecía quedarse en alerta. En aquella noche de quietud ninguna alimaña merodeaba para alterar la paz y la seguridad de la manada, aunque no estaba de más vigilar.

Todo empujaba a dejar volar los pensamientos, que ascendían montados a los lomos de aquellas notas musicales.

Aquel hombre tenía tras de su historia y su forma de ser mucho más de lo que aparentaba a simple vista. Era como si su vida escondiera un gran secreto que quisiera seguir conservando oculto en algún profundo escondrijo de los roquedales. Y que probablemente jamás saldría a la luz sino que lo acompañaría hasta el final de sus días.

GEMIDOS

En que el pasado ocupa un lugar esencial

Me escuché gemir y me extrañó. Estaba entre dos sensaciones, ambas placenteras; una de viaje a lomos de mi amigo Swift, y otra que tiraba de mí con fuerza hacia los recuerdos del pasado.

Noté cómo la voz de Swift ya no me llegaba y era de nuevo aquella Voz del Silencio, más despersonalizada, la que se me acercaba.

No sabía si tenía ganas de escuchar, de hacer nada. ¿Qué pasaba? ¿Hacia dónde iba?

Se empezaron a entremezclar en mi mente los recuerdos próximos con otros más lejanos y las diatribas sobre el camino a tomar en el futuro inmediato.

Todo era confuso, pero lo que más disipado estaba era mi situación presente. Era como si una nebulosa se hubiera extendido sin darme cuenta de la realidad que vivía y un mundo de turbación me envolviera. Solo la luz blanca me parecía real. Y eso seguía sin gustarme. Por alguna razón, que también me resultaba desconocida, me desagradaba y conseguía ponerme muy nervioso.

Vi salir a Swift de entre su bandada. Algo, quizá aquella formación, me hizo intuir que aquel no era uno de esos vuelos de cercanía a los que me tenían acostumbrado, sino el inicio de un nuevo rumbo hacia su soñado Norte.

No pude encontrar el momento ni la razón por la que decidí quedarme allí y no continuar con ellos.

Algo me retuvo y tomó la decisión por mí.

Recordé lo que me había explicado Swift sobre las diferencias entre el Norte y el Sur. Aquel, aunque distinto, más similar a mi mundo cotidiano, y este más próximo al pasado, con personas y costumbres más pegadas a la naturaleza.

El Norte más artificial y desarrollado, con espíritu más conquistador e invasor, si bien empleando medios diferentes a los de la agresión frontal. El Sur más resignado, más necesitado y amordazado. Con una corrupción más burda, aunque la de ambos mundos fueran igual de deshonesta.

Me vino a la mente el recuerdo del anciano de la cabaña. Su modo de vida no se diferenciaría mucho de la de las personas del Sur, y tampoco estaba muy distante de lo que yo mismo había vivido de niño. Entonces, tanto en el campo como en la ciudad, la vida era muy básica.

Parecía como si muchos siglos se hubieran estancado allí.

Ganado y humanos convivían estrechamente y se necesitaban. Su nutrición, calor, transporte, y hasta alguna vestimenta, dependían de ellos. Cuidarlos ocupaba parte sustancial de las tareas del día.

Alguna insospechada razón hacía que mi mente retornara en el tiempo.

¡Ah!; la nube del tiempo. La incógnita e incontrolable nube del tiempo. Él es tu propietario y a él le debes inevitable vasallaje. El tiempo decide tu duración y estancia.

¿Hay acaso mayor poder?

Puedes querer huir, pero será imposible detenerlo o acelerarlo. Vive sin control.

Lo único que te permite es saborearlo, si eres capaz. Las circunstancias te permiten disfrutarlo, o sufrirlo, pero siempre con resignada paciencia.

Yo, saltándome todas las reglas y límites que el hoy imponía, me veía de nuevo rodeado del pasado.

Estaba seguro de que aquella intensa, blanquecina y molesta luz era la culpable de todo. Sus poderes ocultos, tal vez malignos, eran extraordinarios.

Swift había volado, pero me había dejado allí con Gutantost de nuevo, que enseguida ocupó su lugar y empezó a hablarme. Sin embargo, su voz me llegaba distorsionada.

Un pitido, agudo y rítmico, interfería sistemáticamente nuestra compañía. Era intermitente y pesado.

Bip... bip... bip...

Qué ruidito más molesto. Distraía mi concentración.

Empezaron a visitarme más personas. Y una de ellas me ofreció su mano. Era muy parecida a la mía.

«No me molestéis –les dije–; aún tengo mucho que hacer y muchos a los que cuidar». Pero siguieron impertérritos, en silencio. Mirándome con un especial afecto.

La atmósfera entonces se convirtió en extremadamente cálida.

Sus siluetas, en principio borrosas, se fueron definiendo lentamente; y según se aclaraban, una alegría especial se alojó en mi interior. Eran cercanas y familiares, profundamente queridas. Y avivaron mis recuerdos del pasado.

Mis gemidos habían desaparecido, pero aquel «bip, bip, bip» continuaba rítmicamente.

EL VIAJE

En que me veo viviendo en «el mundo que fue»

Sentí que el pasado se precipitaba sobre mí. Otra vez el tiempo nos demostraba su señorío. Me encontré viajando en una montaña rusa que marcaba mi camino y la velocidad de mi recorrido. Yo no llevaba los controles y me desplazaba en un sinsentido.

Las anécdotas de mi infancia me atrapaban y envolvían. Mi «Yo actual» se daba cuenta de que algo lo envolvía, pero no tenía capacidad para recuperar el mando. Y eso me producía aún más desconcierto.

–¿Acaso te da miedo? ¿No te atreves?

La Voz del Silencio se apareció firme y calmada al tiempo, como la de quien desde la imparcialidad te quiere explicar que la decisión va a ser importante y te pide reflexión.

–¿Es rara la experiencia, verdad? ¿Se te hace extraño asistir desde el hoy a lo que fue tu mundo?

»Sin embargo, tú perteneces a él, porque ese es tu origen, y por tanto tu referente.

»Muchas veces el pensamiento te lleva a pasear por los recuerdos, y lo haces con añoranza; pero cuando te tienes que enfrentar a un viaje real por el pasado, surgen temores inexplicables; entre otros la inadaptación mental. Te surge el miedo a enjuiciarlo y enjuiciar tus actos de entonces desde la perspectiva de hoy, lo cual es una de las más burdas falacias e idioteces que se pueden cometer.

–Sí, es muy raro –respondí–. Es algo que te obnubila y aturde. El pasado es tan íntimo como extraño.

–En este viaje encontrarás que está el prisma desde el que tu interior mira y lo traduce todo. El origen de la persona deja grabado en su Ser un sello imborrable; una especie de huella óptica por la que pasan todas las situaciones y acontecimientos. El filtro desde el que enjuicias tu vida. Es tu referente.

»Tú no lo sabes, pero lo que vives será contrastado con los criterios que dejaron tus experiencias antiguas.

–¿Tan importante es el pasado?

–Si revives tu pasado, te encontrarás con el origen de los criterios que tienes, precisamente porque viviste así.

»Podrás sacar desde la perspectiva del hoy tus propias conclusiones, pero si quieres, y esto sí que es un consejo: no juzgues aquellas acciones desde el quien eres hoy, porque te arrepentirás de haberlas hecho. El viaje anacrónico suele envejecernos, y duele, te lo advierto.

–Mmmm –musité–. Gracias por el consejo.

–Cuando termines tu viaje al reencuentro, tu vida actual te resultará diferente, porque habrás regenerado el filtro original.

»Es tu decisión; no voy a empujarte. Pero si se te ha presentado la oportunidad de emprender este viaje es por algo. Porque algo en ti te está impulsando hacia ese momento. Probablemente es bueno que te dé el aire del pasado y refresques los detalles de tu historia personal, porque así te reencontrarás con tu Ser más profundo.

»Toma tu decisión.

Me encontraba en una encrucijada en la que jamás, ni por lo más remoto, hubiera sospechado que tendría que encontrarme.

Seguía estando en aquella bóveda a la que, por una misteriosa fuerza de absorción, había llegado. Era un mundo placentero pero misterioso al tiempo. De una extraña calma.

Aquella bóveda era excepcional. Inmensa y con una intensidad de luz que obligaba a entrecerrar los ojos. Era como si todo el conjunto de enormes focos de un gigantesco estadio estuviera concentrado en mí.

Me quedé mirando absorto y sorprendido.

Un segundo después cerré los ojos para buscar mi fe y darme confianza. Cuando más ensimismado estaba, en aquella espiral de tonos blancos y celestes que se presentaba ante mí, algo se abrió bajo mis pies y caí sin remedio sobre un torbellino en forma de tubo, en cuyo final se hallaba un punto blanco de intenso brillo. Fue un inmenso y extraordinario instante durante el cual vi mi cuerpo permanecer así, donde estaba, mientras que yo me alejaba sorprendido de él.

Era víctima de una disociación vital.

Navegué a una velocidad infinita y sentí ser extraído y alejado de mi planeta.

Me preparé para recibir un gran impacto que, por lo tremendo, imaginé que, iba a ser el último que me daría en mi vida. Sin embargo, repentinamente, una especie de nube de algodón me acogió e hizo descansar con mimo.

Vi el inconfundible globo terráqueo lejísimos y casi desaparecido, para luego volver a acercarnos hacia allí velozmente.

Reconocí mares y continentes, sobrevolé la inconfundible figura de mi país, mi ciudad. De repente, la velocidad se ralentizó y descendí como una pluma.

Me posé en una calle que reconocí como de mi barrio y vi personas conocidas.

Aquel había sido mi mundo; las formas de vestir y de vivir me resultaban próximas, como si estuvieran muy dentro de mí.

Había entrado sin darme cuenta en el espacio de mi mundo referente, el que había labrado una huella imborrable en mí y que me serviría para siempre de punto comparativo.

Saludé a una persona muy conocida, pero pasó de largo. Seguí avanzando por aquella calle principal de mi barrio, que era la más comercial. Aquí, en esta esquina, la enorme tahona, un poco más allá el escaparate con ropa de caballero, después aquella churrería y fábrica de patatas fritas, más allá la carnicería, la pastelería, el estanco, la tienda de fiambres y embutidos; y ya en la plaza, el cine que tantas tardes de fin de semana llenó mi imaginación de aventuras; a la derecha, después del puesto de caramelos y chucherías para niños, el kiosko de periódicos y... mi portal.

Vi, en la acera de enfrente, a un amigo y compañero de colegio. Le hice señas con el brazo; miró hacia mí pero no respondió a mi saludo.

Al entrar en mi portal me encontré con un vecino que salía. Lo saludé del modo más cálido que supe y me respondió con un simple movimientos de ojos.

Subí a mi piso y me di cuenta que no llevaba conmigo la llave, así que llamé al timbre. Una voz interior, conocida y muy querida, preguntó sin abrir.

–¿Quién es?

–Hola, soy yo –dije alegre y feliz.

Pero la puerta no se abrió.

Volví a insistir, y otra vez el... «¿Quién?» pero nada más.

–Pero ¡que soy yo! –repetí–. Soy tu hijo.

Y solo hubo un profundo silencio

Por más que insistí no logré nada más.

Unas lágrimas de honda tristeza llenaron mi rostro.

Bajé las escaleras con el mayor pesar que jamás antes había sentido. Era un desasosiego incomprensible y profundo. Una soledad indescriptible y angustiosa.

«¿Cómo es posible?», me repetía una y otra vez.

«¿A dónde voy ahora?», me interrogaba.

El pánico de tener que pasar una noche como un desconocido a la intemperie en aquel lugar donde estaba mi hogar hería mis sentimientos.

Era un vagabundo perdido en mi propio hogar

Recordé la advertencia de Swift: «Un viaje anacrónico que envejece y duele».

Era incapaz de controlar mi sollozo.

REGENERACIÓN

En que un torrente de preguntas asalta mi mente

Mi compañía más persistente en medio de aquella atmósfera era un continuo y rítmico «bip, bip, bip» que me atolondraba y mantenía en ese mundo confuso. Surgían preguntas que nunca antes me había hecho, o a las que nunca había dado importancia.

Fue la Voz del Silencio la que me enfrentó con ellas:

–¿Te has preguntado por qué siempre te has sentido protagonista de tu vida y ahora te sientes deambular por ella sin encontrarla sentido y, por vez primera, con un rumbo incierto?

»¿Te has preguntado por qué tu propio hogar te resulta extraño?, ¿el de la sociedad en la que has nacido, te has criado, y que has contribuido a construir?

»¿Te has preguntado si tus dibujos y escritos, tan frontales como simples y sin escondrijos, son el reflejo del ensueño que ha resultado ser tu vida?

»¿Te has preguntado cómo hubiera sido tu vida sin tus personajes? ¿Sin aquellos que has creado para dar vida a tus libros e historias? ¿Acaso ellos son tú mismo, esa parte de ti que probablemente hubieras querido ser y que solo has conseguido vivir en tu imaginación?

»¿Has pensado si ellos han podido aportar a muchos más seres humanos más de lo que tú mismo has sido capaz de aportarles?

»¿Te has preguntado si se nace para amar o si es algo que se aprende en el camino? ¿O si has nacido para amar en global y has sido incapaz de amar en lo concreto? ¿O si amar te causa pánico? ¿O si cuando amas lo haces por la otra persona o lo haces para ti?

»¿Te has planteado si has perdido una parte de tu vida en medio del tumulto? ¿O si has querido anularla embadurnándola de agitación?

»¿Cuáles han sido las encrucijadas de tu vida? ¿En qué momentos, si tus decisiones hubieran sido otras, tu camino hubiera tomado una ruta totalmente diferente?

»¿Cuáles de tus sueños has realizado y cuáles te quedan pendientes?

»¿Cuáles estás aún a tiempo de realizar y cuáles ya te será imposible alcanzar?

»¿Serías capaz de ponerle una calificación a tu vida?

»¿Cuáles son los momentos y experiencias que eliminarías o que te hubiera gustado no tener que vivir?

»No necesito que me respondas si no quieres. Es tu intimidad y las respuestas deben de ser solo tuyas. Se quedarán para ti porque así debe ser, en el baúl de tu familiaridad.

»La vida es una cadena que no puede entenderse sin todos los eslabones. Todos son imprescindibles para formarla.

»Si hubieras eliminado uno, toda la cadena sería otra.

Pocos meses antes de que todo esto aconteciera, en diferentes medios se publicitaban informaciones anunciando que en pocos años los humanos podríamos aspirar a la inmortalidad.

¿Dónde estaban ahora aquellas informaciones?

Había bastado el bofetón de un micro ser y toda la fragilidad humana había quedado al descubierto.

Las noticias que seguían llegando sobre la enfermedad eran intranquilizadoras. Aquel simple bofetón se había consolidado y ya era una paliza.

El virus continuaba su camino descontrolado y atacaba sin piedad.

La ciencia se veía superada por lo desconocido, dejando atónita y desnuda a aquella sociedad de la prepotencia.

El súper-humano había sido arrojado del trono y yacía en el más humilde de los lodazales.

La única medida eficaz hasta el momento era la que se había venido aplicando desde siglos atrás: el confinamiento.

El paisaje cambió, el horizonte se mostraba lejano y oscuro. Se extendía la impresión de que todo lo que había sido ya no podría volver a ser. Y muchos no teníamos la seguridad de que aquella dura enseñanza se dedicara al progreso real.

En medio de aquella jungla brotaron minorías salvajes, surgieron los ventajistas y los desaprensivos. Aquellos conseguían beneficios y ponían las mentiras mientras que nosotros llenábamos los cementerios con nuestros muertos.

Ni los millones invertidos en investigación por la ciencia, ni el saber de la medicina encontraban un método eficaz para contener el avance de aquel virus sinuoso y altivo.

La parálisis se envolvía con el todavía más negativo temor.

El aislamiento aún se tornó más negro e incógnito. Y la inseguridad se apoderó de todos y de todo.

–No todo lo que es comprensible es admisible –me dijo la Voz del Silencio aquella madrugada en la que unos tonos rojizos se entremezclaban con otros amarillos en aquel hermoso y lejano horizonte.

–¿Te refieres al desasosiego?

»El dolor es crudo, muy crudo.

Unas sonrisas llenas de afecto me rodeaban. Yo hacía por acercarme a aquellas manos que veía a mi lado para tomarlas entre las mías y sentir. Hice un esfuerzo, pero solo llegué al vacío.

«Bip, bip, bip...».

–Al final, un latido es todo lo que soy. Y yo quiero ser algo más; necesito ser algo más.

«Bip, bip, bip...».

«Biiiiiiiipppppp». Fue la llamada con que se abrió la puerta del destino.

FINAL
LA VOZ DEL SILENCIO

En que habla de la sabiduría que esconde el Silencio

El silencio lanza sus palabras al viento. El aire está lleno de sus mensajes.

Allí pueden encontrarse palabras nuevas junto a otras antiguas. Mensajes actuales al lado de otros anacrónicos.

Ellos saben dónde se encuentra lo bueno y lo malo, la verdad y la mentira, lo verdadero y lo falso.

El cosmos del silencio es como una inmensa biblioteca en la que se guarda toda la sabiduría.

No pertenece a nadie y está al servicio de todos.

Solo requiere tener oídos listos para escuchar y mente abierta preparada para comprender lo que te dice.

Su lenguaje es misterioso. Más que explicar, inspira. Y más que responder, induce a buscar preguntas.

Su cosmos es el de un cielo limpio y azul en ocasiones; o gris oscuro y negruzco en otras. Pleno de estrellas chispeantes a veces y negro profundo como el azabache en otros momentos. Con sol ardiente o con terribles aguaceros y ventiscas.

Las palabras navegan por cielos calmados o tormentosos. Sabe adaptarse a la lluvia, al calor extremo, al más terrible de los fríos o a los vientos huracanados.

Su sabiduría ha aprendido de las tormentas del desierto; se ha visto enterrada entre sus arenas y enfangada entre los manglares y territorios pantanosos de mares y montañas. De todos esos lugares ha recibido su ser.

Conoce razas con la más moderna tecnología y a otras de lo más rudimentarias y básicas. Porque a todas ellas sabe acercarse y con todas conectar.

Sus palabras son universales y sus recovecos misteriosos, porque han deambulado por la intimidad más profunda de las personas. Conoce la humildad y la riqueza; la miseria y la generosidad, la soledad y la compañía.

Su mundo es el Todo que proviene de la Nada y obtiene energía del agujero negro que originó la Creación. Pertenece por tanto a toda la naturaleza por igual.

La Voz del Silencio está abierta a todos. Su mensaje es universal, porque proviene del Universo y hacia el universo conduce.

La Voz del Silencio está en el escondrijo más recóndito de tu mente.

Gutantost te dará el fuego que te alumbre, el calor que te cobija y el frío que te refresque.

Lo que necesitas lo tiene.

Allí está y allí puedes encontrarlo. A veces, como en mi caso, se disfraza. A mí me hizo encontrarme con Swift y navegar con él y su bandada de vencejos.

Su Ser está tan próximo y es tan visible que, precisamente por eso pasa inadvertido, salvo para quienes quieren y ponen empeño en buscarlo y después atender, o no, a sus criterios.

Encontrar esa voz no es cuestión de inteligencia, pues se expresa alto y claro; pero solo ante quien pretende atender.

A veces es necesario un parón brusco, algo que rompa la existencia, para recapacitar y aprender a escuchar.

Por eso quienes se encuentran más envueltos y ensimismados en sus vidas son los últimos en llegar, darse cuenta y comprender lo que tienen presto y cercano.

Las imágenes de mis más queridos seres se fueron dibujando junto a mí. Y comenzaron a llegar las de quienes hacía muchos, muchos años que no veía.

Algo tan grato como desconcertante llenó la estancia donde me encontraba. Y yo era el eje central, el encargado de presentar a unos y otros. Y creando el ambiente más cálido que supe, les hablé con el mayor cariño. Llegué a levantar sonrisas y miradas de afecto, lo cual me llenó de satisfacción, quizá tarde.

Así descubrí que no hay nada tan grande que el Amor.

La Meseta se había acabado y la pendiente de caída se precipitaba de forma radical hacia la sima de un volcán; un volcán muy especial en cuyo fondo el magma era azul. Un azul tan acogedor como el más hermoso de los cielos.

«Ahí os dejo –les dije–; pero no me voy».

Y una mano, la de mi padre, recogió la mía y me hizo descender lentamente hacia el sueño.

EPÍLOGO

Una muerte innecesaria y atemporal

Me llamo José Francisco, aunque todos me llaman Jose, acentuando la «o». Nací en una familia tan numerosa como modesta. Cuando pienso en ello, no llego a comprender cómo mis padres se embarcaron en la aventura de tener doce hijos, ni cómo fueron capaces de superarla con tanta dignidad.

Crecí por tanto en un ambiente familiar donde era imprescindible que todos colaboráramos en las tareas de la casa y en el que los mayores –y yo fui uno de ellos– debíamos asumir la vigilancia y hasta el cuidado de los más pequeños, puesto que mi padre y mi madre se encontraban desbordados. Era como un transatlántico en el que jamás decaía la actividad.

El lugar de una gran familia.

Era, sin embargo y pese al tumulto, una familia alegre y divertida. Con buen sentido del humor y desenfadada, aunque a veces era imprescindible algún que otro grito capaz de devolver el orden y la disciplina a una manada infantil desbordada.

Desde pequeño me gustó estudiar y, dado que una familia así obligaba a madurar deprisa, ya en mi adolescencia decidí que estudiaría aquello por lo que me sentía profundamente atraído: la medicina.

Sabía que debería esforzarme y que exigiría un sacrificio económico considerable a mis padres, pero era buen estudiante, voluntarioso y persistente. Tenía confianza en mí y estaba decidido a ser médico.

Debo dejar claro que desde el día que comenté mi sueño profesional toda mi familia se sintió orgullosa de mí.

Tuve que estudiar en bibliotecas públicas y casas de amigos, pues aislarme y concentrarme en mi casa, donde compartía habitación con otros tres hermanos y había tanta gente y tanta chiquillería, era poco menos que imposible.

Así fueron mis años de universidad y los de prácticas como residente.

Me encantaba sentirme útil con la práctica de la medicina; era para mí un modo de ayudar a los demás.

Sin saber cómo, mi larga vida profesional ha pasado a la velocidad del rayo. Trabajé en diferentes lugares y nunca dejé de leer y estudiar. Descubrir y entender la naturaleza humana y sus reacciones era apasionante. Mi gran amor ha sido la medicina y eso a veces me ha hecho sentir impotencia. Mi mayor aspiración y honor sería que mis pacientes me consideraran una persona honesta, comprensiva y cercana en la que merecía la pena confiar.

Los avances con que hoy día nos manejamos parecían ciencia ficción y resultarían increíbles en los años en que comencé a estudiar la carrera.

Nadie que tenga relación con la investigación o la ciencia médica podría negar que en la humanidad el riesgo de pandemia seguía existiendo, pero muy pocos pensábamos que algo así podría suceder de repente, y menos aún que avanzara tanto y de forma tan descontrolada.

A los que pronosticábamos que algo así podría suceder se nos miraba con cara de incredulidad; no se nos hacía caso y nadie estaba preparado para tomar medidas preventivas eficaces.

Y así fue como, un día, todo se desbocó.

Cuando las cifras de infectados y fallecidos, así como la velocidad de transmisión, comenzaron a crecer de forma desaforada, mi naturaleza médica me empujó a incorporarme como voluntario al primer frente de batalla. La vocación de ayudar es algo intrínseco en nosotros.

Me había jubilado unos meses antes; tenía la ilusión de pasar largas temporadas en una casita que tenía junto al mar y dedicarme a bucear, pero, entre unas cosas y otras, aún no había conseguido llevarlo a cabo, así que ¿qué podía importar un poco de tiempo más si a cambio de retrasar mi sueño salvaba unas cuantas vidas?

Y así fue como me vi formando parte de aquel batallón sanitario dispuesto a darlo todo, trabajando cada día en controlar la avalancha.

Nuestro equipamiento era inexistente, o inadecuado, así que nos encomendamos, en medio de aquel ambiente infectado, a la buena suerte que acompaña al médico, reforzada con la mayor prudencia para sobrevivir y superar aquella situación. Y todo se hacía más duro y ofensivo por la vulgar «blablacracia» con que los políticos medían en sus declaraciones a la población.

Fueron unos meses tan agotadores como apasionantes, en los que las fuerzas para superar aquella tensión surgieron tal vez de las lágrimas contenidas entre tanto dolor, drama, injusticia e impotencia.

Todo empezaba a estar bajo cierto control cuando un pequeño brote de tos me asaltó.

Inmediatamente mis compañeros me tomaron la temperatura e iniciaron un tratamiento con los fármacos más eficaces en ese momento. Luego me aislaron.

En tres horas todo se precipitó inexplicablemente y la crisis me asaltó.

No recuerdo bien lo que sucedió. Solo sé que las imágenes brotaban descontroladas. Se mezclaba lo fantástico con lo más crudo en un conjunto de pensamientos y sensaciones absurdos que me asaltaban.

Así fue como entré en el mundo de lo incomprensible; donde todo giraba en espiral, ascendente o descendente, a gran velocidad, para acabar siempre en el mismo punto: ¡la nada y el vacío!

Aquel sonido frío y rítmico «bip, bip, bip...», fue mi última y única compañía.

Así fue como viví ese camino imprevisto en el que todo se precipitó, cuando no era el momento de que nada de eso sucediera.

Pero sucedió. Y así fue mi viaje hacia un destino sito en aquella sima azul.

DÍAS DE ATURDIMIENTO Y CONFUSIÓN

Es como si alguien externo hubiera tomado empeño en empujar mi mano y hacer discurrir mi pluma sobre estas hojas de papel en blanco.

Cuando yo no me sentía con fuerzas, ella me dirigía. Cuando mi mente se adormecía o bloqueaba, ella me dotaba de energía.

Y cuando mi imaginación se atolondraba, hacía surgir un chispazo que iluminaba el horizonte con algo de lo que me parecía digno que quedara constancia.

Mi mente ha estado en un estado de aturdimiento provocado por un agotamiento interior que rozaba la desesperanza. La vida se convirtió en una ensoñación en la que la realidad y la ficción se entremezclaban en un desconcertante y absurdo proceso.

El gusto por las cosas desapareció y la alimentación artificial, que intentaba sustituir a la inanición física, cumplía un efecto de adormidera y consuelo.

No supe durante ese tiempo si quería o no seguir mi camino. Si tenía o no algún sentido prolongar la ruta. Quizá ya había cumplido mi misión en la vida. Y quizá esto era todo lo que mereciera como cosecha de lo que había sembrado.

La vida es una gran farsa y probablemente estaba sentado en el patio de butacas observando la tragicomedia que unos individuos con forma de esqueletos protagonizaban ante mí.

Sabía que no estaba solo, pero no sentía a nadie a mi lado, ni a nadie tampoco deseaba ver. Solo deseaba entregarme a un gran sueño.

¿Ficción o realidad? Quizá ambos. Esa y así fue mi vida mientras ese alguien desconocido quiso conducir mi mano y mi pluma para que estas líneas quedaran escritas dejando constancia de algo que alguien vivió de este modo.

El autor,
en La Casona Fuentetaje del Real Valle de Reocín,
Cantabria

KOLIMA
BOOKS

www.ingramcontent.com/pod-product-compliance
Lightning Source LLC
LaVergne TN
LVHW021940220826
846092LV00010B/1192